LES CIELS FURIEUX

DU MÊME AUTEUR

Âge mental, Denoël, 2001

Ne plus y penser, Éditions du Panama, 2005

Grand Paradis, Phébus, 2010

Un territoire, Phébus, 2012

Les Fleurs d'hiver, Phébus, 2014, Libretto, 2017, Prix Millepages 2014

Nuit de septembre, Grasset, 2016

Maria, Grasset, 2018, Livre de Poche, 2020, Grand prix SGDL de la Fiction 2018

La Belle Lumière, Le Passage, 2020

www.lepassage-editions.fr

ANGÉLIQUE VILLENEUVE

LES CIELS FURIEUX

roman

LEPASSAGE

À Sophie Fellbom

… là où je suis, je ne sais pas, je ne le saurai jamais,
dans le silence on ne sait pas, il faut continuer,
je ne peux pas continuer, je vais continuer.

Samuel Beckett, *L'Innommable*

Hope is the thing with feathers

Emily Dickinson

Au moment précis où, enfin, Henni s'apprête à s'enfuir au-dehors dans la neige, c'est le plus grand, le plus maigre des hommes entrés dans la maison qui arrache le dernier bébé du sein de Pessia et le soulève au-dessus de lui. Le cri qui monte avec l'enfant emplit l'air de faisceaux, de fumées, de roches explosives.

Puis on entend un bruit, comme un coup, et voilà qu'apparaissent en nuée les chansons dont Henni a bercé le bébé, voilà les noms inventés tant de fois murmurés en secret.

Ils flottent autour de l'étagère à thé, tous, et avec eux les baisers longs posés sur les paupières, les bras tendus, les tapotis de réconfort, les fouissements chauds au creux des poings minuscules refroidis par les courants d'air.

À mesure qu'elle les avait donnés, ils s'étaient donc blottis dans la poitrine et sous les cheveux de l'enfant, tel un duvet posé sur un autre et sur un autre encore, jusqu'à bâtir le corps doux d'un oiseau à l'intérieur de lui.

Les petits noms, les souffles, les gestes et les images qui l'ont rendue si fière, et puis aussi les mots. Ils sont ici juste après le bruit, tournoyant sous l'étagère à thé en une cendre plumeuse.

Henni voit tout dans un miroitement de lumière, et juste après elle ne voit plus rien.

I

Elle a cinq ans lorsque son père lui fabrique un tabouret à sa taille. Assise ou perchée dessus, les pieds écartés et le corps grandi d'impatience, elle fait les lits, elle fait la poussière, elle frotte le chaudron où Zelda, tout à l'heure, cuira le bouillon gras de poulet. Elle tamise la farine, coupe en tranches les radis, les échalotes et les concombres. Elle fait tremper le plat de terre dans lequel a rôti le klops. Elle s'occupe des poules dont la noire est sa préférée à cause de sa drôle de démarche. Elle étend les petites pièces de linge, elle traque les accrocs, les ourlets vaincus, les boutons perdus.

Et, après le déjeuner, elle tue les mouches qui tremblent aux fenêtres. Elle est très forte pour les mouches. Une fois, sa main a bondi, elle en a attrapé une qui s'obstinait à l'angle du carreau puis, sans réfléchir, elle l'a gobée. Avant qu'elle l'avale ça faisait dans la bouche comme un oiseau lâché.

Le frère aîné aurait raillé la croqueuse de mouches à coup sûr s'il avait été témoin de la scène. Lev ne perd pas une occasion. De toute la famille il est d'ailleurs le seul à ricaner, à épier, lui qui ne fait rien de son temps et traîne dehors avec n'importe qui.

Si elle était déjà jeune fille, le père exigerait sans doute l'excellence, mais Henni n'a que cinq ans alors il lui passe tout. Les pères, paraît-il, doivent faire en sorte d'être craints par l'ensemble de leurs enfants, mais Arie Sapojnik n'a pas réussi à obéir au rabbin. On voit qu'il essaie mais n'essaie pas vraiment, ou alors pas longtemps, surtout avec ses filles, surtout avec Henni.

Ici, personne ne la force, ne la gronde. Personne ne craint le père. Quand on s'y prend de travers, il penche la tête en souriant d'un air attristé et confiant. Jamais il ne lèverait la main. Ce n'est pas *mon système*, il dit dans sa moustache quand il croit que personne ne l'entend.

Le père travaille au-dehors, dans le shtetl et au-delà, on ne sait pas avec précision à quoi il s'occupe. Il achète ou il vend des choses. Ce qu'on sait c'est qu'il rentre fourbu, marmonnant mais aimable pourtant, capable d'apprécier le travail qu'en son absence on a accompli.

Le père estime que les garçons doivent étudier pour se faire une place dans le monde, mais les garçons pas toujours. Il est loin, pour Lev, le temps quotidien de la maison d'étude. Seconder le père ou même prendre sa suite un jour ne l'intéresse pas. On le sait, il l'a dit.

Henni, elle, apprend sans école, elle a la confiance paternelle et elle a Zelda.

Quand on y pense, elle a aussi Ita, la jeune fille qui vit quelque part de l'autre côté du village et qu'on aperçoit parfois sur la place du marché ou sur les chemins près d'ici. Ita Sandler, dont la seule beauté donne envie de grandir. La nuit, on pense à elle le cœur serré. Jamais, avec cette coiffure en forme de champignon on ne deviendra à moitié aussi belle que la belle Ita, dans les cheveux de qui le soleil se tient prisonnier.

Mais chaque jour on grandit.

Tiens plutôt le chiffon dans ta main comme ça, dit la sœur qui sait faire car elle a huit ans. Zelda n'a pas besoin d'avoir un tabouret, elle a la taille pour tout. N'appuie pas trop et commence par le haut, ajoute-t-elle en lui attrapant le bras pour montrer. Tu vois. Pas la peine de passer deux fois. La saleté est comme nous, elle tombe.

Zelda est celle qui sait car la grand-mère morte l'année précédente lui a tout appris. Zelda est aussi celle qui sourit. Elle ne tombe jamais. Ne moque pas, ne gronde pas davantage que le père, et console. Elle est Zelda, savante, admirable, à nulle autre pareille.

Dans la pièce, près du poêle, la mère est assise sur le fauteuil en bois ciré et porte sur la poitrine la fameuse broche en grenat vert de l'Oural qu'on n'a pas le droit de toucher. Sa figure n'exprime aucun sentiment. Ce qui vit en elle se trouve à l'intérieur, du moins on l'imagine car rien ne filtre en surface. On ne sait pas comment elle fait. On n'y arriverait pas. Et quand ses rares visiteuses pointent le nez, la mère se tait. Elle se remplit l'estomac de thé bouillant, très fort et très sucré, de biscuits, de lekech que la fille du cordonnier qui est aussi sa cousine vient juste d'apporter. Ce sont les autres qui parlent, tandis qu'à demi assoupie elle entreprend la digestion du riche gâteau aux œufs de Macha.

Si la mère ne s'intéresse ni à la conversation générale ni aux événements de la vie familiale, c'est qu'elle a un motif. Elle couve ou se remet de ses couvaisons. Aussi, il ne faut pas faire de bruit autour d'elle, ça la fatigue. À sa figure qui se replie on dirait même que les sons lui font mal. Les bébés, surtout eux, ne doivent rien réclamer. La mère baisse les paupières pour ne pas voir mais ses oreilles entendent dès l'instant où les petits entrouvrent le bec.

Les enfants n'ont pas à pleurer, pense la mère. C'est son système à elle. Si Henni et Zelda le savent bien, les bébés l'oublient trop souvent. Alors au premier vagissement il faut lâcher ce qu'on fait et courir pour empêcher ici des catastrophes aux conséquences inimaginables.

Soupirs et râles sont le langage des mères, a vite compris Henni. Les mères sont tristes et lourdes, glacées. Leurs yeux chavirent s'ils sont ouverts et peuvent même, on l'a vu, se mettre à déborder à l'évocation de sujets qu'on a oubliés car ils sont interdits. Les bébés sortent d'elles par magie et c'est à la fois une joie et un malheur. C'est Lev, le grand frère, qui l'a dit avec sa drôle de grimace. Un grand malheur.

Les mères des autres, paraît-il, ne ressemblent en rien à la leur. Elles veillent à ce que leur progéniture soit nourrie, chauffée, vêtue, soignée aussi bien que possible. Leurs yeux font des trous dans la tête des membres de leur famille pour voir ce qui se passe dedans. Tout le jour elles s'agitent, s'emportent, s'affolent, elles parlent à tort et à travers et qu'on soit fils, fille ou mari on les a sur le dos. Les mères des autres sont harassantes et considérables.

Pessia, c'est sûr, ne ressemblera jamais à la voisine aux joues rouges, par exemple, celle qui chante en étendant son linge de l'autre côté du chemin de terre. Ivan, son fils sourd et bizarre, l'accompagne s'il ne fait ni trop chaud ni trop froid et fait semblant de l'aider. La mère Straigorodski passe la moitié de son temps à discuter avec lui qui ne répondra pas, et l'autre moitié à travailler dans son jardin. Les jours de shabbat on la voit qui s'active, comme si elle ne pouvait faire autrement. Son mari est mort, son enfant unique pas vraiment réussi. C'est une drôle d'histoire. Lev a trouvé la formule. La veuve Straigorodski n'est pas comme nous, il dit.

Il a ajouté que si eux, les Sapojnik, côtoient si peu de monde et sont relégués en lisière de bourgade, loin du centre vivant du shtetl où toutes les choses adviennent, c'est à cause d'elle, leur mère seule et triste à pleurer vissée sur son siège chaque heure de chaque jour de l'année. On ne sait pas si c'est vrai.

Avoir une mère sur le dos est une perspective inquiétante et de toute manière on n'a pas besoin d'amis ou de gens dans les jambes puisqu'on a Zelda, et que Zelda est tout. Peut-être qu'un jour ça changera, mais pour l'heure, on se trouve bien comme ça.

Ça changera, a dit Lev en plissant les yeux. Ça non plus on ne sait pas si c'est vrai.

2

Quand Henni atteint l'âge de huit ans, Zelda ne l'a pas attendue. Elle en a déjà onze et depuis un bout de temps, on ne la rattrapera jamais.

Les cheveux de l'aînée sont longs jusqu'au milieu du dos, mousseux et doux, leurs pointes ont roussi aux lumières des étés, tandis que ceux d'Henni sont très bruns et coupés plutôt court, en forme de champignon. Ils s'emmêlent facilement. Henni râle en y plantant le peigne, bientôt les larmes aux yeux. Alors, presque toujours, Zelda apparaît. Elle claque de la langue et déploie l'édredon de ses bras, de son cou. Dedans, on est l'un des bébés aux paupières fermées. Le peigne s'échappe des doigts ouverts, il tombe mais on ne l'entend pas. Rien n'a plus d'importance. Ce qu'on est devenue alors dans les bras de Zelda est impossible à dire.

À cette époque, il y a du changement dans la maison pour la plus jeune des filles Sapojnik. Une fois par semaine, après le shabbat, Henni est chargée de préparer le repas. Ses spécialités sont les knishes et les kreplach à la viande. Enfin, pas tout à fait. Henni se dit qu'un jour, ce sera la vérité, mais pour l'heure Zelda seule est capable de façonner comme il faut les petits chaussons en forme de kreplach ou de knish. Les siens crèvent en cuisant et ne ressemblent à rien.

Ça n'est pas grave, dit le père. Ça viendra. Il lui sourit en tapotant sa joue, hoche la tête. Sa moustache est brillante, bien lissée. Il a raison, ça viendra. Certains savoirs se sont mis dans les mains de ses filles sans qu'on s'y attende, beaucoup d'autres ont été gagnés à force d'observation et de tentatives. C'est le système.

D'ailleurs, Henni obtient déjà de bons résultats avec le pain de viande. Pendant de longues minutes elle en tapote la chair douce des deux paumes pour arrondir le mélange de bœuf haché dans le plat et lui faire adopter la forme adéquate. Ensuite, elle se languit nerveusement tandis qu'il rôtit dans le four, espérant qu'il ne brûlera pas comme la première fois.

Ce klops est merveilleux, dit le père assis à la table. Les proportions de viande et de pain sont parfaites.

Les débris brunâtres qui luisent joyeusement sur sa langue lorsqu'il ouvre la bouche indiquent qu'il dit la vérité. Son plat est réussi. Toutes les assiettes sont vides. Zelda sourit, Iossif a la bouche barbouillée de gras. Quant à la mère, son ventre qui gonfle à nouveau la tient allongée à l'écart, gémissante, tour à tour affamée et prise de violents écœurements. Son avis ne compte pas.

Le klops d'Henni est mon plat préféré, conclut le père. Zelda ne tique pas, ou à peine, on dirait qu'elle n'est pas jalouse, comme si l'évidence de sa supériorité dans tous les domaines était suffisante. L'empereur, pense Henni, n'a pas besoin d'être couronné chaque matin. Et puis Zelda a les bébés. Les louanges ont moins d'importance dès lors qu'on a les bébés.

Alors que dehors le temps commence à fraîchir, une machine à coudre entre dans la maison.

Elle est pour toi, dit le père qui vient de l'apporter. Quand il soulève le couvercle en bois de la boîte, Henni n'en croit pas ses yeux. La machine est pour elle qui, depuis trois saisons, s'employait à coudre à la main pour de menus travaux.

Au début, elle ne fait qu'activer la manivelle avec fascination pour observer l'aiguille ronronnante s'abaisser et se relever sans jamais se lasser, mais la mère finit par se mettre en colère. Elle glapit. Si on veut qu'elle en supporte le raffut, il faudra faire quelque chose d'utile avec cet instrument.

Bientôt, confie le père à Kreina Schifman venue en visite, Henni se chargera de l'intégralité des vêtements de la famille, y compris les pantalons d'homme.

Si Dieu le veut seulement, conclut à mi-voix l'amie de la mère. De son côté, elle n'y semble pas opposée. Kreina a même promis de consacrer à Henni un peu de son temps, pourtant si précieux avec son vieux mari coincé dans son lit par la maladie, puisse-t-il vivre jusqu'à cent vingt ans. Elle viendra donner quelques leçons pour exposer les rudiments de la chose, ensuite la petite se débrouillera seule.

Qui m'a enseigné ces affaires, à moi, dit Kreina en gonflant la poitrine. Personne. Que Dieu me tue à cette même place si je ne dis pas la vérité.

Et la revoilà partie avec sa mère et ses grands-mères mortes, qu'elles soient heureuses au paradis où personne ne se soucie de couture.

Henni ne sait ni lire ni compter bien loin mais elle aime *apprendre l'apprentissage*, comme elle dit. Elle remercie Kreina Schifman d'un sourire et, hochant la tête à intervalles réguliers, fait mine de découvrir des histoires au moins cent fois déversées sous ce toit.

Pour la première leçon, Kreina apporte une bobine de fil, des boutons de corne et un métrage de coton bleu ciel criblé de taches de sauce ou de va savoir quoi.

Ce n'est rien, dit-elle à Henni qui les désigne du doigt en silence, ça ne se voit pas.

Ça se voit, mais Kreina porte de vieilles lunettes qui doivent raconter ce qu'elles veulent, alors on tient sa langue. On écoute et on essaie de retenir la méthode pour passer le fil à toute vitesse dans les entrailles de la machine puis dans le chas minuscule de l'aiguille.

Maintenant, Kreina va confectionner pour le petit frère Iossif une jolie chemise de jour neuve. Avec patience elle détaillera chacune des étapes, depuis la prise des mesures jusqu'aux finitions. Zelda viendra voir si elle veut : ce sera une bonne chose pour son édification de jeune fille, assure la maîtresse couturière en soulevant une paire de sourcils insensés.

On la regarde à l'œuvre sans en perdre une miette. Zelda est occupée ailleurs la plupart du temps.

La conclusion est que Kreina Schifman a moins de patience et de connaissance qu'elle croit. La pauvre qui n'a pas eu d'enfant n'a aucune idée de la manière dont sont faits les bébés. À la fin de l'après-midi, après que, de colère, elle a lancé une demi-douzaine de fois à travers la pièce la paire de ciseaux maladroite – que le démon l'accable de rouille –, la blouse est terminée. Pinçant le col entre ses doigts marqués de morsures d'épingles, Kreina présente le résultat de son acharnement à la famille réunie devant elle à l'exception du père absent. Kolia fait ses dents sur l'arrondi d'une cuillère. Iossif cuve son rhume. La mère dort. Les sœurs, elles, sont attentives.

L'une des manches bée étrangement au milieu de la poitrine de la blouse neuve, et l'autre, qui résistait, a dû être déchirée à droite pour en agrandir l'ouverture.

Essaie, dit Kreina à Iossif.

Arrangeant, la morve au nez et l'œil doux, le bébé se laisse faire. Zelda et Henni s'unissent pour lui enfiler tant bien que mal la chemise. Du côté gauche, sa main tordue émerge à peine de l'emmanchure et son bras replié au-dedans le fait ressembler à un drôle d'oisillon.

Kreina prend l'air sérieux, son grain de beauté vibre contre sa narine comme le gros corps d'une mouche d'été, plein de pattes.

Oui, oui, marmonne-t-elle en réfléchissant. Ses sourcils se hérissent derrière ses grandes lunettes éclaboussées de gras, ses lèvres s'avancent dans un bruit de succion. Zelda et Henni contemplent leur frère sans un mot.

Tourne un peu.

Iossif ne tourne pas, il marche à peine et ne comprend pas tout. Aussi Kreina, complaisante, se déplace-t-elle avec lenteur autour de lui, sa jupe tapissée de morceaux de fil bien tendue sur son ventre. Du bout des doigts, elle lisse la toile dans le dos de Iossif comme pour en faire ruisseler les gouttelettes brunes par terre. Un beau petit coton, dit-elle. Bien souple et bien frais. Et puis elle fixe Henni, ferme un œil.

Tu vois, ma fille ? De la constance et de l'application. Que Dieu me confonde s'il existe une autre manière. Que ma langue pourrisse à l'instant.

Henni hoche la tête.

Tu as vu ça, Pessia ? lance-t-elle aux yeux fermés de la mère.

Après le shabbat suivant, Kreina arrive directement avec Macha pour le thé et les leçons de couture sont finies.

Soulagée, Henni s'y met toute seule. C'est mieux de toute façon, notamment à cause du grain de beauté qui s'est installé à côté du nez de Kreina et empêche de penser à autre chose qu'à lui. On craint de le voir tomber comme un fruit mûr sur ses genoux, ou pire, dans son assiette de lekech.

Pour lui permettre de s'entraîner, Macha a apporté sa contribution sous la forme de vieux torchons. La veuve Straigorodski, dit-elle d'un air de conspiratrice, va encore les chercher longtemps derrière sa maison.

Henni pique pendant des heures la toile raide et perdue d'auréoles, elle ouvre des boutonnières et coupe le tissu en peinant parce que les ciseaux ne sont adaptés ni à la taille ni à la vigueur de sa main. Elle reprend des ourlets, mesure avec précision le corps des bébés sans trop savoir quoi faire ensuite, elle qui ne s'était risquée à ce jour qu'à de modestes rapiéçages.

Puis elle se lance. Sous la table, Iossif l'aide en collectant avec patience les épingles fugueuses. Chacun une tâche à sa mesure.

Comme Kreina Schifman avant elle, Henni rate ses premières manches et personne ne la moque ni ne la punit. C'est la manière des Sapojnik, répète le père. C'est le système. Au début on essaie, et si ça ne marche pas on essaie autrement. Encore et encore.

Alors elle découd et reprend inlassablement son ouvrage. Elle vaincra les obstacles les uns après les autres. Faire de travers est plus fatigant que réussir du premier coup, on l'a bien compris, et se coucher moins fatiguée fait tellement envie qu'on doit progresser à tout prix. On maîtrisera bientôt les gestes, la coupe, les plis, le crantage, la canette, le pied-de-biche, la tension du fil dans le ventre de la machine.

Elle n'a peur de rien, ma petite fille, dit son père en lui embrassant le poignet.

Peur de rien mais peur d'*eux*, ne peut s'empêcher de penser Henni, mais pour ça c'est comme pour la mouche avalée autrefois, personne n'a à savoir. Pour *eux* il n'y en a qu'un qui sait, qui sait un peu, et c'est déjà bien trop.

3

Et puis, à huit ans passés, en plus de la cuisine et de la couture il y a du nouveau pour les filles.

Les bébés.

Si Zelda a déjà Iossif et Kolia, le jour d'Henni est arrivé. À son tour, enfin, de posséder quelque chose de vivant. Au début de l'hiver, la mère a fabriqué pour elle un garçon minuscule. Il s'appelle Avrom. Ses yeux sont clairs comme l'eau.

Une paire de bébés pour la grande Zelda, un premier pour Henni. C'est le système. Les nouveaux-nés dorment peu, jamais quand on veut, et ils demandent beaucoup. Ils ont faim, et pas seulement de bouillie et de lait. La faim de savoir, dit le père, est précieuse. Bientôt, Iossif qui a quatre ans ira d'ailleurs découvrir le Pentateuque au heder. On n'aime pas y penser car on sait que là-bas, à l'école, le système est différent du leur. Les garçons s'y font malmener, paraît-il, s'ils sont distraits ou ne comprennent pas assez vite.

Pour les soins du nouveau bébé, Zelda montre les gestes, analyse à haute voix les mimiques, distingue les cris qui sont des mots de ceux qui n'éclatent que pour fatiguer, énerver la maison entière.

Henni la regarde faire depuis des années, elle aide, elle apprend, cette fois ce sera pour de vrai. Ce sont ses bras, ses mains, son jugement propres que la famille attend maintenant de voir en action. Elle se sent prête. D'ailleurs elle a un don pour ça. Elle le sait, elle le dit et Zelda est d'accord. Le garçon qui est son bébé est à elle, aussi sûr que Kolia et Iossif sont à la sœur aînée.

On a entendu le père chuchoter à Kreina Schifman que ses filles seront si Dieu le veut d'excellentes mères après leur mariage. Kreina a souri sans rien dire. Que Dieu, pense Henni, ne s'avise pas d'anéantir sur place Arie Sapojnik, car il ne ment pas, pauvre père, il est seulement un peu en retard. Elles sont déjà, que le mauvais œil les épargne, l'une et l'autre des mères accomplies.

Quand l'un des trois petits se met à pleurer, la voix du père ou celle de Lev s'élève aussitôt.

Zelda !

Ou alors :

Henni !

Ton bébé pleure !

Et vite, vite, elles accourent avant que la mère ne commence à souffrir de leurs cris à tous.

Somnolente, celle-ci nourrit les enfants dans le fauteuil en bois ciré quand on les lui apporte. Il suffit d'installer le nourrisson de telle façon qu'il ne risque pas de glisser du sein. Quand on revient, on change de côté. Parfois, si on sent que la mère s'endort ou faiblit, on restera accolée tout du long, attentive, les yeux passant des lèvres cirées de lait du bébé à l'intouchable broche en grenat de l'Oural.

Hormis les heures précautionneuses de tétée, Henni ne se sépare presque pas du bébé. Lev dit qu'elle l'empêche de dormir et de digérer à le traîner ainsi partout, mais qu'est-ce qu'il y connaît et de quoi il se mêle.

N'écoute pas, dit sa sœur, il n'est rien d'autre que jaloux, et elle a raison car qui étreindrait Lev de son propre gré plus de deux respirations d'affilée. Réfléchis, dit aussi Zelda. En tant que fils aîné, par la force des choses Lev n'a pu avoir pour seule mère que la mère.

Elle hoche la tête d'un air mystérieux en prononçant ces mots, presque triste, les yeux agrandis. On ne sait pas imaginer la mère livrée à elle-même.

Zelda n'ajoute rien sur son propre cas, mais on devine, on a fait ses calculs. Pour Zelda, bien sûr, ça n'est pas comme pour Lev, pour Zelda il y a eu Grand-mère qui, à l'époque, venait de s'installer chez eux car elle n'avait plus de mari sur lequel régner. Le résultat est là. Zelda sait maintenant tout faire et tout dire, tout penser.

Avrom, lui, est aujourd'hui à Henni comme elle est à Avrom. Pour ce petit-là sont venus dès les premiers jours un millier de chansons, un millier de surnoms et de gazouillis. Assise sur son tabouret, l'enfant sur ses genoux, elle les pose en secret dans le trou de son oreille, sur le sommet du crâne, dans son cou, sur son poitrail qui respire. Le bébé entend, il comprend, il l'examine avec ses grands yeux vides comme si Henni était quelque chose de bien plus beau qu'elle n'est, un morceau de ciel, un triangle de glace parfaitement transparent ou une pomme rouge accrochée à son arbre pour l'éternité.

Avrom ne ressemble pas à Lev qui a les oreilles décollées et la tête pareille à un œuf posé sur un cou crasseux de poulet. Avrom n'aura jamais ni le caractère ni les yeux mauvais du grand frère. Ça se voit. On ne saurait même le comparer à Iossif et Kolia qui sont pourtant, à leur façon, de beaux enfants sans méchanceté.

Avrom surpasse de mille verstes la majestueuse machine à coudre apparue à l'automne, les gâteaux aux œufs de Macha, la rivière à toutes les saisons, les fraises les plus rouges et les plus brillantes. Il fait grandir de l'intérieur celle qui en a la charge, provoquant dans la tête et dans tout le corps l'apparition secrète d'éclats lumineux et sonores. Avrom est le trésor d'Henni. Avrom est le cœur étincelant de son cœur.

4

À huit ans toujours, disons deux longues saisons après huit ans pour Henni, et douze ans tout juste pour Zelda, à l'intérieur de la maison quelque chose se produit. C'est la fin de l'hiver.

Dehors, les champs, les toits, les arbres et les chemins sont couverts d'une mince couche de neige presque bleue. Henni ne sait pas pourquoi, mais le père est inquiet. Elle l'a senti et la crainte n'a pas tardé à fondre sur elle à son tour. Cette peur affamée aura bientôt avalé toute la maisonnée.

Des personnes qu'on a déjà vues très souvent et d'autres jamais vues se succèdent à la porte et entrent sans attendre. La première est la minuscule Clara Shapiro qui laissera derrière elle le battant grand ouvert, bientôt suivie du porteur d'eau dont l'émotion fait vibrer les joues et pleurer les yeux. Macha vient à une heure qui n'est pas la sienne accompagnée de l'odorante marchande de harengs, ensuite il y a le père Reicher, trois hommes en caftans élégants à la mine alarmée, une matrone à moustache et au nez pointu poussant devant elle son petit mari grelottant, et même la sœur de la rebbetzin, rousse, vive, sautant d'un pied sur l'autre dans des chaussures trop grandes. Tous ces gens veulent s'entretenir avec le père à voix basse, ce qui confirme une fois de plus que, dans le shtetl et quoi qu'en pense son fils aîné, Arie Sapojnik est un mensch, quelqu'un sur qui compter.

Lev lui-même est troublé. Il ne sort plus. Il complote avec le père quand les visiteurs sont partis, et leurs poignets s'envolent au milieu des mots difficiles.

Henni les guette depuis l'autre bout de la pièce, elle n'a ni le droit d'approcher ni le droit d'entendre. Le gilet du père est boutonné de travers mais on ne peut rien dire. D'un regard, il l'interrompt si elle risque un pas dans leur direction. Lev la toise, grognant menton en avant, langue et dents sorties, il sait très bien comment impressionner sa sœur. Henni se fige, ses jambes sont molles. Devant le chien-Lev le corps disparaît.

Ainsi, dans la maison l'inquiétude vire et tournoie pendant plusieurs jours, peut-être davantage. Depuis la route, le vent apporte des bruits d'animaux ou des ronflements de tonnerre jusque dans le fourneau. Avrom dort à côté, il ne sent rien de ces choses et c'est tant mieux car on serait bien en peine de les lui expliquer. La mère, elle, trône toujours au milieu sur son siège ciré, tandis que les autres s'agitent. La mère, indifférente ou impériale, on ne sait pas.

Après le repas ce soir-là, Zelda est occupée à l'arrière va savoir à quoi, on l'entend vaguement mais on ne la voit pas. La pensée de Zelda suffit à rassurer un peu, pourtant si elle venait tout près, si on sentait son odeur et ses bras on pourrait respirer comme avant. On pense à Lev apeuré au fond de la pièce et ça devrait amuser, venger, mais parfois ça ne marche pas comme ça.

Le temps passe, un drôle de silence habite avec eux. À la lueur de la lampe, Henni bâtit le col d'une chemise puis consolide le coin d'une poche qui bâillait sur une veste. Elle n'est pas concentrée, son travail n'est pas bon. Elle devrait le défaire et recommencer mais elle n'y pense même pas. Son sang monte et clapote, on l'entend là dans les oreilles.

Puis des geignements retentissent, c'est l'heure de la tétée. Henni secoue la tête pour retourner en entier dans ses mains, dans ses jambes. Elle se lève. Avrom est placé par ses soins au sein droit de la mère. Dans le coin Lev et le père se disputent à nouveau pour le mystère qu'Henni s'est résignée à ignorer, car Zelda, accompagnée de ses deux frères, est revenue près d'elle et lui sourit maintenant.

Il y a alors un grand bruit du côté de la porte, un grand froid, plusieurs vitres tombent comme la glace qui finit par céder à la lisière du toit, mais pas vraiment pareil. Des hommes, on ne sait pas qui ni combien tant ils semblent pressés, envahissent la pièce tels des chevaux furieux.

À leurs pieds ils apportent la boue que fait la neige fondue, triste et molle sur le bois du plancher. Et ils renversent tout, la machine à coudre, la marmite, les plats, la théière, la bonne lampe qui brûlait sans jamais fumer. Ils cassent, ils arrachent ce qui tenait à cœur dans un fracas épouvantable. Ils sont l'orage annoncé.

Le père crie. La mère s'est levée brusquement, elle tient Avrom contre son sein, sa peau est blanche, sa broche verte, Henni aperçoit dans sa bouche une rangée de dents très luisantes.

Le premier, Lev s'est enfui par la porte à l'arrière. À croire qu'il savait à l'avance. Le père crie de plus en plus fort, sa voix enfle, pareille à celle d'une aïeule édentée qui ne serait pas Grand-mère. Henni s'efforce de comprendre ce qu'il dit, mais il n'y a pas de mots, il n'y a que cette voix affolante et qu'on ne connaît pas. Le samovar s'effondre, les mots apparaissent. Ils supplient.

Sortez !

Partez !

Courez ! dit la voix.

Et on dirait que le père envahi de cette voix devient fou.

Henni est debout, elle ne bouge pas. N'obéit pas. Les hommes sont aussi entrés dans ses yeux.

Un bandit empoigne le père par le cou et par le menton, il doit vouloir le faire taire, il le pousse de toutes ses forces contre la fenêtre. La tête du père cogne une première fois sur le montant de bois, puis sur le coin du lit, le verre crisse sous ses pieds. Il tombe. Il ne dit plus rien. Henni court vers lui.

Autour, les tiroirs et les portes ont été tirés, les couvertures arrachées des lits. Le matériel de cuisine s'envole. Des objets roulent sur le sol, parfois sans se briser, pochette en cuir qui appartenait à la grand-mère morte, coupelle jaune qu'on choisit toujours pour servir les fraises en été.

Zelda apparaît, qui se dirige lentement vers la porte de derrière, ses frères collés contre ses jambes, comme si elle voulait s'en aller. On ne sait pas si elle marche, on voit juste Zelda et les petits qui se déplacent, roulant à trois par une espèce de magie sur un chariot fantôme. Zelda ne sourit plus. Sa figure est froissée. L'un des hommes s'approche, il ressemble à un brigand des légendes, se dit Henni, il examine sa sœur, c'est un animal affamé. C'est peut-être un chien.

Par réflexe, Zelda lâche le poignet de Kolia qui se met à pleurer et se laisse tomber sur le sol. Le bandit hurle plusieurs choses qu'on ne comprend pas. Kolia rampe sous un édredon dont la couleur est rouge, depuis la veille il semble malade, la fièvre l'a saisi. Il a peut-être froid. Zelda est debout devant l'homme, raide, elle tremble et serre la main de son autre bébé. Henni voit leurs yeux à tous deux briller, se remplir d'une eau silencieuse. L'homme, lui, hisse très haut ses deux bras, on croit que ses épaules vont se détacher de son torse et puis non. Au bout des bras il y a des gants énormes, au-dedans un grand sabre, et à la pointe du sabre le plafond brun qui cogne. Henni, sans penser, comprend que sa sœur va devoir lâcher le second bébé.

Mais Zelda n'en aura pas le temps. Le sabre là-haut a traversé le cri de l'homme, et tout ensemble sabre et cri sont venus s'abattre. Henni le voit. Ça tombe. Ça se glisse là. Il y a le bruit. Elle l'entend. Entre Iossif et Zelda, sur l'un ou sur l'autre, on ne sait pas.

Là. Et elle aussi ça l'ouvre en deux.

Elle voit et elle ne voit pas. Pourtant, ça continue.

Le plus grand, le plus maigre des hommes s'avance alors vers le fauteuil en bois ciré devant lequel se tient la mère avec Avrom blotti sur son sein. Un cri nouveau monte dans la pièce, le corps d'Henni est assailli de faisceaux, de fumées, de roches explosives.

Ensuite, plus tard ou aussitôt après, chassées par un souffle invisible, poussées par les mains et les mots maternels, les sœurs jaillissent derrière la maison, dans la neige luisante sous la lune, en cheveux dans le froid.

La mère a fait ou dit une chose qui a permis leur fuite et on ne sait pas quoi. C'est allé trop vite. La mère s'est réveillée, croit savoir Henni, elle s'est avancée, ses bras et son sein étaient vides. Elle s'est adressée aux bandits, leur a fait une offrande, une proposition, et au début, cette drôle de pensée de la mère en mouvement aide Henni à courir plus vite dans le noir.

Elles filent. La neige piquée de hautes brindilles brunes s'ouvre devant Zelda qui va la première. Là-bas, vers le cœur du shtetl, à l'ouest du champ, le tumulte est percé de sifflets et de hurlements, de coups de feu, tandis que des chariots débordant de meubles et d'édredons vacillent dans la lumière des lanternes. On les aperçoit de côté quand on tourne la tête.

Bientôt elles ont rejoint le bosquet où Lev les attendait. Sa figure violette sous sa casquette noire lâche par saccades une langue de buée immense. Il grelotte. La main gauche de Zelda est rouge, elle la tient loin d'elle comme si elle lui était devenue étrangère ou hostile, et Henni se retient de vomir. Des mouches habitent partout dans son ventre, une bave acide et jaune bouillonne dans sa bouche au point qu'elle doit cracher par terre, et quand elle crache elle a beau regarder dans la neige il n'y a rien.

Les hommes sont restés à l'intérieur de la maison, avec le père assommé, la mère debout au milieu d'eux et l'éparpillement des bébés.

On ne sait pas ce qui arrive pendant qu'on est dans la neige hérissée de rameaux, dans le vent glacé, mais le grand frère et les sœurs, eux, les trois, ces trois-là, âgés de quatorze, douze et huit ans passés atteignent la briqueterie avant d'être gelés. Ils vont aller se cacher dans un coin de l'entrepôt de refroidissement, dans l'odeur de glaise encore tiède de la cuisson du jour, dans l'obscurité et dans la poussière.

5

Ils commencent par reprendre leur souffle, les filles ensemble et le garçon plus loin. Ça dure longtemps. On ne sait si dans la bouche de Lev c'est l'air qui siffle ou bien des sanglots. Il leur tourne le dos, parfois se plie en deux, ça n'est pas le Lev qu'on connaît mais on a l'impression de ne plus rien connaître.

Ensuite, il ne se passe rien.

Ils attendent, attendent sans savoir quoi. L'air est saturé d'une fumée différente de celle de la maison, intense, plus ronde et plus sèche. On va dormir ici, dit Zelda au bout d'un moment qui semble une minute et une heure. Lev marche le long des murs comme pour inspecter ou chercher une issue. Ses bottes font là de gros pas noirs.

Il faut se coucher. Dehors, la lune est presque entière, brillante et blanche. On la voit à travers une vitre essayer d'éclairer l'intérieur de la briqueterie pour les aider à y être ensemble, abrités. Le raclement de cris d'oiseaux en retard sur le jour se mélange à leurs bruits à eux, ils sont comme des scies entrant dans le bois. Un animal traverse la largeur du toit, un rat des neiges pourvu de huit ou dix pattes au moins. Il piaule pour dire quelque chose, pour le leur dire à eux. Et eux trois écoutent au-dessous sans pouvoir déchiffrer le moindre mot de sa langue de rat.

Là, dans ce coin, finit par dire la voix de Zelda.

Henni veut aussitôt se blottir dans ses bras, la serrer, se serrer les deux comme elles font toujours, mais avec douceur Zelda la repousse, elle lui souffle, non, maintenant on s'allonge près du mur, mets-toi là de tout ton long et je me mettrai au-devant, tout contre, on trouvera la chaleur, allez. Henni dit ah. Elle ne comprend pas. Allez, reprend Zelda au creux de son oreille, on sera deux cuillères rangées l'une dans l'autre.

Henni la regarde, ce qu'on peut distinguer encore de sa sœur dans l'ombre de la fabrique, ce qu'il en reste à présent que la lune a bougé et sa lueur disparu avec elle. Zelda n'est plus qu'une silhouette rabougrie dont les yeux brillants s'effacent d'inquiétantes secondes derrière les paupières.

Elle obéit. Elle commence par retirer ses chaussures mouillées par la neige et s'allonge sur le flanc à l'endroit indiqué, les jambes légèrement repliées. Elle pose sa tête sur son coude. Recouvert d'une couche de poussière brune et dense, le sol à cet endroit n'est pas si glacé qu'on aurait pu le craindre. À sa suite, Zelda s'assied d'abord avec précaution puis elle se penche et puis se verse, ses fesses maigres venant épouser petit à petit le creux du ventre de sa sœur, son crâne lui effleurant le nez. Voilà. Deux cuillères bien rangées l'une dans l'autre.

Et ensuite, ça met du temps avant que Zelda se remette à respirer de l'air. Ça prend beaucoup de temps.

Lev fouille encore dans le fond, il faut toujours qu'il fricote, Lev, on l'entend qui traîne un objet par terre. Son chahut effraie et rassure à la fois.

Lev, chuchote Henni, mais il ne répond pas. Il s'éloigne et, au son, elle comprend qu'il est allé maintenant pisser à l'autre bout de la briqueterie. Ça lui réveille l'envie. Elle pense à rejoindre son frère aussi longtemps que dure là-bas le jet puissant et puis elle se ravise, il n'est pas question d'abandonner la chaleur de Zelda. On n'est pas sûre de ce qu'on trouverait là au retour. On n'est sûre de rien.

L'image d'un pied nu sous un édredon vient de ricocher dans sa tête. C'était rouge. C'était quoi. Tout à coup, la briqueterie s'obscurcit, mouvante, peuplée de créatures massives dont les dos, au fond, se hérissent dans la faible lumière.

Mon Henni n'a peur de rien. Ma petite fille. Elle se souvient de ces mots dans la voix du père, et on aime plus que jamais cette voix.

Henni et la peur de rien. Ça n'est pas un mensonge. Mais pas une vérité non plus.

Quand il a fini, Lev revient s'installer non loin d'elles, dans un angle formé par des piles de briques ou de pierres qui au-dessus de sa tête dessinent des stries régulières sur la hauteur d'un homme. On sent jusqu'ici venir l'odeur de la pisse, elle roule sûrement aux quatre coins de la briqueterie.

Lev se racle le nez, on voudrait maintenant qu'il arrête. Il arrête. Il manipule, indécis, un grand rectangle de tissu qu'il a dû trouver par là-bas. Il finit par s'asseoir dessus et remonte contre ses reins tout un pan de la toile. Il s'installe le menton sur les genoux sans retirer ses bottes. Le bruit s'apaise.

Elle aurait dû garder elle aussi ses chaussures, s'il faut courir, ce serait mieux. Lev, lui, ne s'est pas déchaussé. Il sait ce qu'il faut faire.

Et ces chaussettes qui ne sèchent pas. Elle remue les orteils, elle frissonne, il fait froid ici, ses pieds, son nez et le bout de ses mains sont transis et elle ne s'en était même pas rendu compte. Les doigts glissés entre ses cuisses elle tourne la tête pour se remettre dans les cheveux de Zelda.

Elle dort peut-être déjà, Zelda, elle s'endort toujours d'un seul coup, sans tarder, pour faire, dit-elle, partir le plus vite possible la fatigue. Henni souffle, la bouche entrouverte. L'air chaud et le fumet de sa sœur lui rebondissent dans la figure. C'est bon. S'il avait fait jour, elle aurait vu la buée de froid friser au-dessus de leurs têtes. Il fait encore nuit mais elle l'a vue quand même.

Pourquoi elles ne sont pas dans leur lit à cette heure, pourquoi elles se vautrent, glacées, dans la poussière d'ici, on ne sait pas au juste. On a rejoint Lev et ses drôles d'idées dans cet endroit étrange qu'est la briqueterie. On a longtemps couru dans la neige pour y parvenir. Elle se souvient de ça. La neige, les rameaux. Les halètements. La silhouette de Zelda oscillant devant elle. La main rouge.

Elle pense à la maison, au fourneau qui tousse parfois sans prévenir de grands jets d'étincelles, aux édredons gonflés de plumes, elle sent contre elle, une seconde, le corps chaud d'un bébé ronflant de satiété.

Par moments, Lev laisse échapper sur sa gauche de drôles de gémissements, et grâce à ça on sait sans avoir à bouger les yeux qu'il est là, replié dans la briqueterie avec elles. C'est déjà quelque chose.

Souvent, Lev se bat au dehors. On ne sait pas contre qui et pourquoi mais ça n'a pas d'importance. Il y a toujours, si on en cherche, des motifs de se ratatiner la tête pour un garçon de son âge, paraît-il. De nombreux soirs de chaque saison il est rentré les habits déchirés – que ses sœurs devraient laver et ravauder sans tarder –, les yeux engloutis sous des enflements bleu et rouge, et les os des deux poings épluchés. Des coups, il en avait reçu mais donné tout autant, crânait-il. Le père rouspétait, mais on aurait dit que Lev s'en fichait bien, des remontrances et des conseils paternels. De toute façon, le père n'a jamais su protester assez fort pour être entendu de quiconque. Grand-mère le lui avait assez reproché en son temps. Trois jours après ses échauffourées, Lev remettait déjà ça. Les autres lui avaient lancé de sales mots, le cherchaient, le provoquaient. Il avait ses raisons.

S'il le faut, pense Henni, il saura se dresser entre ses sœurs et un danger. Il a un certain entraînement. Il est presque un homme. Cette nuit on voudra bien y croire.

En attendant, on trouve qu'il remue beaucoup dans son angle de briques. Il renifle. Au bruit mou, on sait qu'il se mouche sur son bras. Il a dû tomber malade. Malade *en plus*, se dit Henni sans savoir *en plus de quoi* la maladie aurait pu se mettre. Elle se sent grise, abrutie, comme le soir où Lev lui avait fait boire en secret un verre entier de schnaps derrière le poulailler.

Elle voudrait l'appeler, lui dire de s'approcher, c'est mieux dans leur coin à elles, le coin des filles, c'est une espèce de nid tiède. Elle imagine ce que ça ferait d'être trois cuillères rangées les unes dans les autres. Elle se tiendrait au milieu et est-ce que Lev ne l'écraserait pas avec ses bras trop longs, est-ce qu'il ne lui roterait pas dans le cou comme il faisait parfois pour la faire bisquer, est-ce qu'il ne faudrait pas tout recommencer de la petite paix qu'elles s'étaient fabriquée, elles, les filles. Est-ce que l'odeur, la présence drue de garçon ne détruiraient pas tout.

Elle réfléchit. Non, trois cuillères bien rangées c'est absolument impossible. Alors Lev n'aura qu'à se placer de côté, allongé sur la hanche pour faire obstacle aux courants d'air et les protéger. Elle risque un œil.

Son frère est toujours assis, gauchement emmailloté dans le rectangle de toile, posant une joue puis l'autre sur ses genoux, les bras serrés autour de ses mollets.

Elle pourrait le héler, et va savoir pourquoi elle ne le fait pas. Elle pense simplement dans sa tête, Lev, viens, et rien ne sort.

Il ne vient pas.

Elle se dit tant pis.

Lev, après tout, n'est pas si gentil. Elle se dit, il a ses gants fourrés, sur la tête sa vieille casquette chaude à visière, aux pieds ses bottes, et sa veste de peau sur le dos. Il est paré, il a tout. À croire qu'il avait compris sans rien dire de ce qui menaçait, à croire qu'il savait pour les lumières, les cris, les roches explosives et le verre brisé, à croire qu'il n'avait pas vraiment voulu les sauver.

6

De temps en temps, si tout est prêt dans la maison, ou au moins quand ce qui reste à faire peut être mesuré dans les bras et dans l'œil, les deux sœurs s'installent dans un coin. Là, elles se lancent les devinettes qui ne s'useront jamais, s'entretiennent à mi-voix des choses qu'elles ont vues, entendues ou pensées, des leçons à apprendre à l'autre ou à recevoir. Zelda raconte sans se lasser l'histoire des fiancés malheureux, celle du bouc dont les cornes s'enroulaient jusqu'au ciel, celle du vieux portefaix qui ne pouvait plus dormir. Entre leurs doigts elles tendent des ficelles, elles nouent des rubans, découpent de grandes feuilles fraîches le long de leurs nervures.

Le bord de la fenêtre a la préférence de Zelda en dépit de l'humidité, la proximité du fourneau celle d'Henni malgré la fumée. S'il fait bon elles se mettent dehors, et il arrive alors que d'autres filles du voisinage se joignent à elles. Si les bébés dorment, c'est mieux, mais c'est rare qu'ils s'accordent tous trois pour les laisser en paix. Mais des bébés on s'accommode, c'est un pli qu'on a pris.

Ce qui compte, c'est que Lev soit loin d'elles, le plus

loin possible. Qu'il fasse semblant d'étudier, se bagarre avec d'autres garçons, épie la tournure des filles du village ou même les embrasse sur la bouche, on s'en fiche, grand bien lui fasse. On n'a jamais besoin de Lev ici une fois que le bois est fendu.

Ce qui compte aussi, c'est que la mère ne puisse rien saisir au vol de leurs bavardages. Il est difficile de savoir si elle dort ou si elle attend, la mère, les paupières baissées sur sa chaise cirée. Et si elle attend, on se demande ce que ça peut bien être. Il vaut mieux qu'elle dorme. Si les éclats de voix la troublaient et qu'elle découvrait leurs histoires elle se mettrait certainement en colère, elle ne saurait pas quoi faire d'autre, elle se lèverait et l'ordre du monde en serait bouleversé.

Cet après-midi-là la mère semblait inoffensive, engluée d'un irrépressible sommeil après la tétée. De légers vrombissements sortaient de sa tête basculée en arrière, ce qui était bon signe. Iossif jouait aux pieds de ses sœurs, les lèvres embullées de salive, manipulant ses morceaux de bois adorés taillés par le père en forme de personnages. Là-bas, le bouillon bouillottait dans le grand chaudron noir, et Avrom, le bébé neuf et récemment circoncis, le bébé pur, dormait repu dans son berceau. Dormir repu est du meilleur repos, dit souvent Zelda, et elle a raison.

Ce serait le lendemain, Henni s'en souviendra toujours, que le père annoncerait que le petit Avrom était désigné son bébé. Son bébé à elle.

Elle se revoit baignant la veille de l'annonce dans sa grande ignorance, assise sur son tabouret entre Zelda et Iossif. Comment faisait-elle pour ne pas avoir compris pour Avrom, comment faisait-elle surtout pour supporter de ne pas l'avoir encore tout à elle, on ne sait pas.

Elle se souvient qu'elle s'était coupée au pouce en tranchant des concombres quand il avait fallu, dans l'exaltation liée à l'arrivée d'un nouveau Sapojnik – le quatrième garçon sur six enfants en tout –, préparer un assortiment de mets à servir aux invités ou à offrir à leur entourage. Henni aime le shabbat, les chants, les prières incompréhensibles et puissantes qu'elle entend parfois, davantage chez les autres d'ailleurs que chez elle, elle aime les festivités, les adultes bavards, malodorants, affamés, elle fait volontiers des courses ou de menues livraisons pour de vieilles personnes qui lui tripotent cheveux et joues, mais elle apprécie plus que tout l'heure où dans la maison les choses se rencoquillent dans le ronron du silence. Et ce jour-là, malgré les chuintements de la mère, on aurait entendu les mouches traverser la pièce d'une fenêtre à l'autre, si à cette saison, des mouches il y en avait eu.

Elle examinait son doigt, en suçait la blessure obstinée quoique consciencieusement léchée. Iossif appliquait sur son front une figurine en forme de cheval comme pour en pénétrer les pensées. Zelda rangeait ses beaux cheveux, la raie droite et blanche en traçant parfaitement le milieu.

Donne-moi ça, elle a dit en ouvrant la main pour qu'on offre la sienne.

Henni lui a tendu la coupure vernie de salive, rougeoyante et battante de sang par en dessous. Ce pouce-là est plus gros que l'autre, tu as vu.

Oui. Zelda a étudié la plaie avec attention.

De cette coupure et de cet enflement, il n'y a plus trace à présent, bien sûr, les blessures de ce genre sont des malheurs qui passent. À force de salive et de jours, parfois de prières, on les guérit toujours. Ce qui reste, ce n'est pas non plus la leçon qui suivit cet après-midi-là près du poêle, non, car les leçons ont leur drôle de chemin dans les têtes. Elles s'en vont pour laisser derrière elles, à leurs façons, d'autres savoirs qu'on se fabrique seule. Non, ce qui demeure à l'intérieur d'Henni est d'une autre nature.

Zelda avait décidé d'apprendre à sa sœur ce qu'elle savait sur *les doigts*. La manière qu'on a de les détailler, par exemple, mais aussi quelques jeux savants pour aider à compter, jusqu'à cinq, dix et douze ou même jusqu'à soixante, qui sont des nombres plus utiles qu'on croit pour mesurer l'écoulement du temps ou pour la prière, la couture et les recettes de cuisine.

Grand-mère m'a tout appris, répète souvent Zelda. Pour certains sujets, c'est la vérité, mais pour d'autres un peu moins. Le père enseigne aussi lui-même des choses à ses filles, par exemple le goût d'apprendre, mais on voit ce que par là Zelda voulait dire.

Grand-mère ne parlait jamais à Pessia, la mère, et la mère ne parlait simplement à personne. Le soir, Grand-mère se disputait derrière la cloison avec celui dont on avait découvert presque par hasard qu'il était son fils. Parfois, quelque chose s'écrasait sur le sol et volait en éclats. Ce n'est rien, disait le père en passant la tête aussitôt pour rassurer ses filles.

Ce n'était rien, en effet, il fallait seulement ne pas écouter.

Quand elle n'argumentait pas ni ne fracassait des objets, Grand-mère confiait donc son savoir à Zelda. Année après année, elle lui avait révélé tout ce qu'une femme doit connaître, comment laver, ranger, cuisiner, acheter, conserver, langer, soigner, ne pas se faire rouler, ne jamais lâcher prise, et d'autres choses dont on n'a pas eu vent parce que souvent Grand-mère parlait bas.

Assise avec Zelda dans la cour, la vieille plumait des oies des journées entières pour en revendre plus tard le duvet, ce qu'elle avait fait, paraît-il, pendant une grande partie de sa vie avant de venir s'installer chez eux. C'était là, au cœur d'un nuage blanc, qu'elle lui murmurait à l'oreille. Zelda écoutait, recueillie, sérieuse, et Grand-mère, par intermittence, laissait échapper un petit rire étrange en arrachant d'un coup sec les grandes plumes du derrière d'une oie. Depuis, on trouve dégoûtante la peau jaunâtre hérissée de picots des oiseaux tout nus, et on se réjouit que Zelda n'ait pas voulu continuer ce métier après elle.

En ce temps, Grand-mère régentait entièrement la maison. Il lui fallait bien se mêler de tout puisque, marmonnait-elle, Pessia n'était bonne à rien.

Henni entend sa voix siffler dans ses oreilles, semblable à une noix qui se briserait sans fin, semblable au croassement d'une pie.

Zelda ! Accours ici. Viens voir.

Et Zelda accourait, venait voir. Henni galopait à sa suite, du haut de ses petites jambes de deux ans, de trois ans, de quatre ans, mais elle n'était jamais celle qu'on reçoit, et encore moins celle qu'on attend.

Allons, lui disait Zelda quand l'autre la rabrouait. Tu vas grandir, Henni. Elle t'appellera.

Grand-mère n'avait pas dû vouloir patienter jusque-là car elle était morte assise dans son lit, une aube grouillant de mouches, juste avant l'arrivée de Iossif au cœur de la maison. Qui sait si elle aimait vraiment les bébés et les enfants de la mère. Quoi qu'il en soit, Henni avait quatre ans et c'était trop tard, la grand-mère ne l'appellerait plus. En contemplant son cadavre avant les funérailles le lendemain matin, Henni avait cru voir un immense hibou allongé, les ailes repliées, une créature sage et secrète.

Dans la chambre voisine la mère se lamentait, mais bien sûr ce n'était pas Grand-mère qu'elle pleurait. La couvaison prenait fin. Le bébé était en train d'arriver. Assis par terre, le père et Zelda sanglotaient tandis qu'Henni chassait les mouches.

Ce qui consolait, c'est que sa sœur l'ait choisie elle, Henni, pour recueillir à son tour les instructions des aïeules, et non quelqu'un d'autre – quelqui ou quelquautre, ainsi qu'aime dire Henni pour, à sa façon, terminer ses phrases. Car dans l'enseignement de la vieille Dina Sapojnik se cachaient paraît-il celui de Malia, sa propre mère, celui de la grand-mère de Grand-mère et de la grand-mère de sa propre mère et jusqu'à l'infini embrouillé. C'était difficile à croire que Zelda soit riche des pensées et des gestes d'autant de dames mortes et pourtant c'était vrai.

Plus tard, disait Zelda, Henni saurait tout elle aussi. Elle poursuivrait la lignée.

Ainsi donc, au contraire de ceux des pieds, les doigts des mains étaient des personnes importantes. Aucune des informations insolites délivrées à leur sujet ne s'est fixée dans sa mémoire avec précision, mais découvrir que l'on avait cherché des mots et des activités savantes pour des êtres aussi ordinaires que des doigts avait intrigué Henni. Une idée commençait à germer dans sa tête tandis qu'elles en parlaient ce jour-là, et puis à contrecœur elles avaient dû abandonner la conversation.

Ton bébé *pleure*, avait braillé Lev, apparu brusquement dans la pièce, les cheveux et les vêtements trempés comme s'il avait traversé tout habillé la rivière et voulait détourner l'attention. Ils pleurent, ils pleurent *tous* !

Et par une espèce de magie, les trois bébés s'étaient mis en effet à crier, même le placide Iossif serrant son cheval de bois contre son ventre rond.

Un doigt une personne, avait-elle chuchoté, exaltée, en ouvrant ses paumes devant elle, la nuit qui avait suivi la déclaration du père à propos d'Avrom – il était *son bébé*.

À chaque membre de la famille serait attribué un doigt. Tel était le système qu'elle venait d'inventer.

Pour commencer, elle avait compté.

Le résultat était qu'une main ne suffirait pas à caser ne

serait-ce que les six enfants Sapojnik. Elle choisit pour eux la main droite, car elle était droitière. Avrom venait de voir le jour, il était assurément le plus jeune et le plus précieux, il se rangerait sur le côté : le petit doigt à l'ongle rond, poli, généralement propre, lui irait à merveille. Elle l'embrassa. Elle hésita à céder à Lev le grand du milieu, car il y a plusieurs manières d'être grand et Lev optait trop souvent pour la plus mauvaise. Écarté, il fut décidé qu'il serait le seul de la troupe basculé de l'autre côté. Iossif, Kolia, Zelda et elle-même prendraient les places vacantes à droite. La mère se glisserait à l'intérieur du pouce gauche – enflé, douloureux, il était sûrement triste – et le doigt du milieu figurerait naturellement le père.

Presque à regret, une place fut accordée à la grand-mère morte mais rien ne fut prévu pour d'autres grands-parents.

Car de ceux-là on ne sait presque rien. Il est dangereux de penser aux grands-pères ou à la mère de leur mère, à cause des choses qui leur sont arrivées il y a terriblement longtemps, dit Zelda. À la maison, malgré l'appétit qu'on aurait de savoir, nul n'en parle jamais. Les démons sont là qui écoutent, rêvant de faire revivre les malheurs passés si, à voix haute, on en ravivait le souvenir.

Les emplacements des doigts-personnages varieraient selon les périodes et selon les pensées. On pourrait les punir, les féliciter, les sermonner, leur parler ainsi qu'à de vraies personnes qui répondraient ce que elle, Henni, aurait voulu entendre. Un peu comme avec les lunettes de Kreina Schifman qui voyaient toujours ce qu'elle voulait voir.

Henni n'avait pas fini d'organiser tout ça dans sa tête qu'Avrom réclamait sa tétée nocturne.

À toi, Henni, disait son cri. À toi d'être enfin pour moi.

Bientôt, avec Zelda elles alterneraient, et un soir sur deux l'une prendrait la charge des trois petits, offrant à l'autre quelques heures de sommeil d'affilée. Mais cette nuit-là serait la sienne, la leur à tous les deux, la prodigieuse première nuit d'Henni et son bébé à elle. Elle se jeta dedans.

En se recouchant bien plus tard, elle s'aperçut qu'il restait, quelque part à sa main gauche, un doigt non attribué. Même en comptant Grand-mère, ils n'étaient que neuf chez les Sapojnik. Ça lui donna à penser et puis elle s'habitua.

7

Elle ne pleure pas de la nuit. De son nez coulent des vagues dont elle dirige du bout de la langue le flot clair vers ses lèvres, mais ses cils restent secs. Elle attend le rat sur le toit de la briqueterie. Il ne revient pas. Le hululement jaune d'un fantôme de rapace nocturne, oui, un coup de feu lointain, oui aussi. Le rat de neige, elle l'attend encore. Elle se dit qu'à force de le demander, il finira bien par céder. Elle y croit et parfois ça marche, c'est son petit système. Elle écoute. Elle demande. Le rat ne se montre pas mais ça la tient un peu.

Elle n'a pas l'habitude de rester sans bouger, et attendre lui pèse. La nuit, si Zelda dort c'est qu'Henni est de garde pour les bébés. Il faudrait pourtant dormir elle aussi, sa sœur l'a dit et elle a raison. Aucun des bébés n'est là. Ne pense pas. Dors. Elle est fatiguée, plus fatiguée que d'habitude, engourdie, hébétée. C'est le froid, et c'est la briqueterie.

Pourtant, elle reste les yeux ouverts le plus gros du temps, elle avale sa salive, sa morve liquide et salée, elle scrute l'obscurité silencieuse, chantonnant au-dedans. Une écharde bat dans le doigt qui est celui qui s'appelle Henni.

Elle parle tout bas aux autres doigts, elle les embrasse, les entrecroise, elle les serre fort entre eux pour qu'ils n'aient plus de noms ou qu'ils n'en aient qu'un seul.

Être une cuillère n'est pas si facile, elle est maintenant ankylosée sur tout un côté. Elle tremble beaucoup et s'efforce de ne pas trembler pour ne pas gêner sa sœur, la main de sa sœur, pour ne pas leur donner l'idée, le mouvement, de trembler à leur tour. Les minutes ou les heures passent, le rat ne vient toujours pas. Elle récite pour entendre en pensée les mots familiers qu'on énumère au seder de Pessah, ceux des plaies de l'Égypte dont l'énoncé fascine. La prochaine fois elle en soustraira discrètement *orov*, les mouches données comme de venimeuses bêtes sauvages, car protéger les mouches, pourquoi pas, sera pour toujours son secret à elle.

Le sang, les grenouilles, la poussière changée en moustiques – un silence –, la peste sur le bétail, les ulcères, la grêle, les sauterelles, les ténèbres, la mort des premiers-nés.

Elle voudrait se lever ensuite, faire le tour pour s'accroupir devant Zelda, voir si son sommeil est profond comme le porte à croire sa respiration régulière, et surtout vérifier si elle est encore sa sœur et non une fille inconnue. Hé. Elle se pencherait jusqu'à sentir son haleine sur sa joue. Hé. Elle lui saisirait le poignet et, doucement, attirerait sa main jusqu'à elle. Avec un chiffon mouillé elle lui débarbouillerait l'un après l'autre les doigts. Et si elle n'avait rien pour le faire, pas le moindre chiffon, elle utiliserait sa salive étalée sur sa paume. Oui, voilà comment elle s'y prendrait pour rendre sa force à Zelda.

Mais dans la bouche elle a déjà le goût du sang sans

avoir rien tenté. Le vent s'infiltre à l'intérieur du bâtiment et coule en minces ruisseaux glacés dans son dos. Elle cligne des yeux, elle attend.

Plus tard, voilà des hommes qui passent de l'autre côté du mur, leurs pas lourds qui résonnent. Ils sont proches, de plus en plus proches, Henni se raidit, ils sont trois ou quatre, on ne sait pas ce qu'ils disent ni s'ils sont en colère, ils sont déjà passés.

Elle attend de voir s'ils se décident à faire demi-tour. Ils pourraient vouloir les surprendre tous les trois dans ce lieu interdit. Lev doit déjà se préparer à les affronter, armé d'un bâton ou d'une tige de métal. Mais le calme se fait de nouveau, même le vent se fatigue, elle devrait dormir, se caler sur le souffle de sa sœur pour entrer à l'intérieur du sommeil. Elle soupire. Elle s'ennuie.

Un bruit, là-bas, au cœur de la briqueterie. Au fond, où Lev s'est isolé un peu plus tôt pour se soulager, un bébé geint, dont elle devrait reconnaître les sanglots. Elle n'est pas sûre. Oh, dit-elle, et elle entend sa propre voix.

Mais le silence est déjà revenu, qui écrabouille tout. Plus de pleurs et plus de bébé, dors, Henni, dors. Pense à autre chose.

Tais-toi, dit la voix de Grand-mère.

Elle est si fatiguée, elle n'a jamais été aussi fatiguée de sa vie.

Il faut savoir profiter de ce qu'on a, dit Macha Briskine en présentant son gâteau aux œufs, magnifique et blond, lorsqu'elle arrive en visite. Macha n'est pas vraiment une belle femme, paraît-il, ses parents n'étaient pas les plus riches du shtetl, tant s'en faut, mais Macha a de longs cils, des joues roses et de la poitrine plein les bras.

C'est une si fière et généreuse pâtissière que la moitié des hommes d'ici, célibataires ou non, a déjà goûté ses gâteaux, avait dit Kreina un jour que l'intéressée n'était pas venue. Elle finira bien par trouver un mari, même si, il faut bien dire, la pâte est un peu cuite. Et sous l'œil d'Henni, Kreina s'était inclinée pour glisser quelques mots à l'oreille de la mère.

Alors toutes les deux avaient ri à s'en étrangler, on ne sait pas pourquoi, et c'était si dérangeant de voir la mère agitée de ces soubresauts qu'on avait dû quitter la pièce.

Voyez-moi cette beauté, dit Macha de son lekech en attendant qu'on le dise d'elle. Cette merveille. Il est rond et doux. J'y ai mis presque une douzaine d'œufs. Henni entend encore ses mots qui sourient, elle voit dans l'obscurité les lèvres grasses des trois femmes bientôt piquetées de miettes.

Elle ferme les yeux. Elle pense à des fruits sucrés, puis au gras de poulet dans la soupe, et ces pensées ne sont pas loin de la faire pleurer.

La nuit dure si longtemps qu'on dirait qu'elle n'est pas comme les autres nuits, qu'elle est le lac au bord duquel elle est venue l'année dernière avec son père et avec Lev. Un lac infini, épouvantable et majestueux, sans la moindre transparence.

Elle a l'image et le parfum de l'eau qui lui montent dans la tête et s'étalent. Elle sent que c'est bien, qu'il faut les laisser venir, tant ils sont meilleurs que d'autres images et d'autres odeurs tapies dans l'obscurité.

Ce soir-là, ils s'étaient endormis tous les trois sous le couvert des arbres après avoir dîné de pommes, d'œufs bouillis et de knishes enveloppés dans du papier huilé. L'après-midi, le père s'était absenté et elle était restée seule avec son frère à l'attendre. Ils n'avaient vu venir personne. C'était un lac très sauvage et très noir qui devait repousser les gens. Lev avait tenté sans succès de surprendre dans l'eau les silhouettes des poissons, imaginant la façon dont il les achèverait et les ferait cuire s'il parvenait à les attraper, ce qui ne risquait pas d'arriver puisqu'il ne possédait pour toute arme que ses mains et de pauvres branchettes de sapin. Puis il s'était lassé, avait lancé de minces pommes de pin en visant un tronc jusqu'à ce que le soleil se frotte sur le haut de la forêt, jusqu'à ce que les ombres s'allongent.

Henni, pendant ce temps, arpentait les abords à la recherche d'elle ne savait quoi dans l'herbe et dans les broussailles. Elle avait trouvé des sauterelles dont l'une avait survécu à la pression fiévreuse de ses doigts, et une série de crottes séchées déposées là par un animal mystérieux. C'était déjà bien.

Elle n'aimait pas le lac noir, ne voulait pas le regarder et en regardait pourtant, par intermittence, le milieu écrasé de chaleur. Il fallait à tout prix éviter, sur la rive opposée, le reflet affolant des arbres qui ouvrait face à elle un gouffre dans l'eau épaisse. Si elle s'approchait trop près de la rive et venait à glisser, le lac lui avalerait le pied, la jambe et puis le reste jusqu'au sommet des cheveux sans clapot et sans bruit. Les heures passeraient et Lev, englouti lui-même dans son irascible désœuvrement, ne remarquerait pas sa disparition avant la nuit tombée.

À son retour, le père avait choisi sous les sapins un carré de mousse élastique à bonne distance de la rive. Ils s'installeraient là tous les trois pour dormir. Henni s'était chargée d'ôter une à une les aiguilles qui auraient pu les piquer pendant leur sommeil. Elle s'était appliquée et, sous l'œil narquois de Lev, le père l'avait félicitée.

C'était l'été, il faisait chaud, les arbres donnaient autant de frais qu'ils pouvaient. Allongés sur le dos, Henni placée entre son père et son frère, ils avaient observé les étoiles éclore entre les branches. Elle avait demandé qui les tenait là-haut la nuit pour empêcher qu'elles tombent aux quatre coins de la forêt. Dans le lac, elles se seraient éteintes en rafales, telles des tiges enflammées plongées dans un seau d'eau.

Personne ne tient les étoiles, avait dit Lev d'un ton dédaigneux, et pourtant il n'en savait rien. Le père avait laissé un rire filtrer entre ses dents avant d'ajouter quelque chose que depuis on a oublié.

Du lac montait à présent une brume écœurante qui gênerait sûrement pour dormir, mais pas pour regarder en l'air ou pour écouter les histoires.

La raison pour laquelle ils avaient entrepris ce petit périple finit par lui revenir. Oui, il s'agissait *des affaires du père*. On ne sait pas ce que ça veut dire, *les affaires*, et encore moins celles du père, mais c'était ça. Les affaires du père, qui s'étaient tenues cet après-midi-là dans une bourgade proche du lac noir. La raison de l'absence de Zelda est plus difficile à déterminer.

Elle réfléchit. C'était sans doute Iossif et Kolia. Oui, voilà. La grande sœur était restée à la maison avec ses bébés. La mère, sur son fauteuil, couvait encore à l'époque celui qui deviendrait Avrom.

Avrom. Dans le noir de la briqueterie, Henni frissonne contre sa sœur, on dirait que ça recommence.

Elle ne se souvient pas de l'histoire que le père avait racontée cette nuit-là, près du lac. Elle se souvient de sa voix, seulement, qui s'élevait et n'arrêtait pas de tournoyer. Elle se souvient des rires, parce qu'ils creusaient ici et là des trous dorés dans l'histoire. On se glissait dedans, même Lev y venait et même la mousse libérée des épines, les odeurs de résine et de gras, et l'obscurité qui tombait sur eux avaient fini par les y rejoindre.

C'était sa première nuit sans toit par-dessus la tête. Elle n'avait pas beaucoup dormi. Zelda et les petits frères nés lui manquaient, une colonie d'insectes lui avait mangé tout le sang du mollet. Mais la présence du père et, quand on y pense, celle de Lev presque autant, avaient réussi à tenir le lac noir à distance et à remplir les vides.

Dans la briqueterie, elle fait revenir la mousse ronde sous son épaule et sous sa hanche douloureuses. Elle aspire l'odeur des cheveux de Zelda, la tiédeur du dos et des jambes qui sont donnés contre elle, elle aspire de toutes ses forces en clignant des yeux car ici, il n'y a aucun refuge à la bordure dorée, aucune histoire, aucune étoile, aucun ciel.

Et puis si.

Car tout à coup, enfin, le rat.

Cette fois c'est lui, on en reconnaît le tempo, les allées et venues déjà coutumières. Le rat grignote son dîner puis détale, effrayé, avant de revenir se poster exactement à la même place, juste au-dessus d'Henni.

Elle se dit c'est gentil. C'est un gentil rat.

Elle l'imagine avec d'autres de son espèce occupés à tracer leurs chemins à travers la neige sur le toit, et ce sont des routes qui sous ses yeux se déploient soudain, une éclosion de croisements, de ruelles tordues bordées de maisons aux toits pointus et d'entrepôts de bois, c'est, ici, un établissement de bains rituels, une salle d'étude où des rongeurs pieux et savants de tous âges psalmodient en se balançant d'avant en arrière. Autour de la place du marché, une épicerie, une quincaillerie, une boucherie, et en miniature la copie parfaite de la confiserie autour de laquelle on tourne les jours de marché, une auberge puis les échoppes du tailleur et du casquettier. C'est en retrait de la belle maison à perron du dentiste – les rats ont de si vilaines dents –, qu'une mercerie plus riche encore que celle de Chaïm-le-bègue apparaît. Sur les branches versant sur le toit, des chariots lourds de grain, de crème aigre et de mottes de beurre de la taille de son ongle ruissellent des arbres qui bordent l'un des flancs de la briqueterie, comme d'infinies colonies de scarabées jaunes. La grande église des mulots paysans a bien deux clochers de hauteurs inégales tandis que la vieille, la moyenne et la nouvelle synagogues se sont installées pas très loin. Le rat bedeau frappe de son marteau de bois sur un volet pour rappeler l'heure de la prière. La pompe à eau, comme trop souvent ici aussi, est encore inutilisable.

Elle voit une poule, une paire de toutes petites chèvres agacées de mouches grosses comme des têtes d'épingles, une tourterelle assoupie dans une cage. Un panier de cerises. Elle voit les routes s'échapper du shtetl et s'enfoncer entre les forêts et les prés.

Tout cela minuscule et blanc, muet pour ne pas faire de bruit.

Et si la couche de neige retombée dans la nuit est assez épaisse, les rats auront creusé là-dessous une ville de secret, comme on dirait une ville de pierre ou de bois. Du ciel, alors, rien n'en transparaîtrait. Plus une trace, se dit Henni, plus une trace de leur vie de rats.

8

Un début de lumière suinte à travers les vitres fendues de la façade à l'est. Les briques en train de sécher forment une masse brune là-bas, imposante et paisible, odorante. À l'endroit où Lev était assis tout à l'heure, la toile abandonnée dessine sur le sol un morceau de clarté dans la grande pénombre.

Henni a dormi cinq minutes. Ou une heure, ou plusieurs demi-heures. C'est difficile à dire. Lorsqu'elle s'est réveillée en sursaut, la forme de Zelda est la seule qu'elle ait reconnue autour d'elle.

Elle bloque sa respiration et se retient de se lever pour aller ranger le tissu laissé par son frère, comme elle en a l'habitude. Accourir. Et plier, défroisser, lisser, aérer. Elle ferme les paupières. La maison est si loin. L'image muette du père assis dans les débris de verre lui entre dans le nez.

Elle ne comprend pas. Elle écoute. Où est Lev. Où a-t-il pu déguerpir. On a souhaité, parfois, quand il rentrait plaintif, le pantalon déchiré et la figure bleuie des bagarres, quand il moquait ou suggérait l'arrivée imminente d'un chien, on a souhaité de tout son cœur ne plus jamais le revoir, oui, c'est vrai, et voilà qu'aujourd'hui.

On ne sait plus quoi penser.

Pourquoi n'avoir pas emporté, au moment de partir hier soir, un morceau de pain ou l'un des trois pâtés de viande qui restaient malheureux dans un coin. Pourquoi a-t-elle été si bête. Pourquoi. Elle envie Grand-mère un instant, qui est morte et ne pense plus jamais à la nourriture.

C'est qu'elle a tellement faim. Vraiment vraiment très faim.

La salive sur sa langue et ses mains collantes ont faim. Jusqu'à chacun de ses doigts glacés, même celui qui n'a pas de nom. Elle visualise les kreplach parfaits de Pourim, le tzimmes aux carottes sucrées, l'épaisse confiture de quetsche presque noire apportée un jour par Macha. Elle pense à l'excitation du repas du seder, *en quoi cette nuit diffère-t-elle de toutes les autres nuits*, demandera rituellement Lev au père le soir de la Pâque.

Lev partagerait sa pensée s'il était encore là, enroulé dans son sac, la fixant de son regard jaune. Il aurait faim lui aussi. Ça consolerait un peu. Chez les Sapojnik il est seul à exprimer à voix haute l'ampleur de son appétit. À table, il pioche les meilleurs morceaux dans le plat. Il se ressert ensuite, il suce les os laissés par ses sœurs, il réclame davantage à boire. Le sucre et le gras allument jusqu'à la fin du jour une traînée provocante sur sa bouche.

Elle songe à leur dernier repas pris ensemble. Ils sont repus. La cuillère tape contre le bord de la marmite pour qu'y dégringolent les derniers lambeaux de légumes, elle ne sait plus qui tient la cuillère, elle sent monter l'odeur du chou. Son père récite machinalement les actions de grâce, sa mère mâchonne encore, Lev a les yeux et les doigts brillants, Zelda tient Kolia bien éveillé sur ses genoux.

Elle fronce les sourcils. Qu'est-ce que la nuit leur a fait, à eux tous. *En quoi cette nuit diffère-t-elle de toutes les autres nuits.* À cette question il n'y a cette fois aucune réponse connue à l'avance.

Et Avrom. Oh, Avrom.

Son bébé à elle. Pourquoi l'avoir laissé. Un grand pan de tissu léger de la couleur du thé étouffe ses pensées à l'intérieur de son crâne. Il est impossible de voir ce qui se passe dessous. Comme s'il y avait trop de lumière.

Est-ce que la mère saura remettre seule son bébé au sein ce matin, le langer serré, le bercer, lui baiser les yeux de la façon qu'elle a, elle, Henni, de le faire, telle qu'elle l'a imaginée pour lui. Sa bouche sur ses paupières. Doucement et longtemps, tandis que se bouscule derrière la rangée de ses dents la cavalcade des petits noms, chacun prêt à sortir, à couler joyeusement jusqu'à l'oreille, et le cou, et les petits cheveux d'Avrom.

Plus elle essaie d'y penser, d'arracher le voile dans sa tête, plus le sentiment l'envahit que quelque chose ne va pas. Elle se dit les surnoms pour elle seule. Il y en a beaucoup. Ils n'ont pas le même goût que d'habitude. Elle examine son doigt qui s'appelle Avrom et porte aussi, bien sûr, les dizaines d'autres noms inventés.

Elle lui parle. Ses lèvres bougent dans le calme de la briqueterie jusqu'à ce qu'elle ne sache plus quoi dire d'autre qu'Avrom, Avrom, mon bébé à moi.

Est-ce qu'elle a rêvé. Est-ce qu'elle rêve encore. Elle a le dos raide et les pieds gelés dans ses chaussettes froides. Elle ne comprend rien, ne reconnaît rien, autour d'elle ou dedans, que l'odeur forestière de sa sœur. Les flammes et la mousse. Zelda.

Mais le reste.

Ce n'est pas l'absence du frère aîné qui surprend, non. Oh non. On ne sait jamais ce que les garçons grandis peuvent bien fabriquer. Ils réfléchissent et agissent d'une autre manière. Lev s'absente, parfois pendant deux jours, et puis ouvre la porte alors qu'on s'était enfin habituée au calme.

Ce qui l'étonne, c'est que Zelda soit là contre elle au fond de la briqueterie, bel et bien endormie dans la demi-obscurité saturée de cendres d'argile en suspension dans l'air.

L'idée des bébés ou du père forme un nuage de chahut qu'il est trop difficile de faire entrer en paix dans sa tête, et lorsque le nuage malmené finit par éclater c'est un éblouissement d'orage. Elle murmure aux bébés d'attendre, il est trop tôt, on va s'occuper d'eux, dès que cervelle et jambes seront remises en marche. Qu'ils attendent une minute. Henni reprend son calme, Zelda dort, la briqueterie existe, elle existe aussi. Elle se rendort sans s'en apercevoir.

Quand elle s'éveille, la lumière a encore monté autour d'elle. Ce n'est pas le matin, mais pas loin. C'est l'aube, il va falloir se lever. Elle distingue au-devant la masse nuageuse de cheveux aux relents de fumée familiers.

Et pourtant.

Quelque chose a changé. Elle sent un poids sur elle, elle risque un œil. C'est une masse brune et velue qu'elle sait puante avant de l'avoir reniflée. Il ne faut pas la regarder car c'est interdit. Même y penser est dangereux. Elle se contracte, elle attend. Sa gorge dégringole.

Zelda, elle se dit pour reprendre pied. Zelda. Le dos rond de sa sœur respire contre son torse à elle. On entend son souffle de nuit, tour à tour sucré et puis lourd, étonnamment contraint. On est dans l'entrepôt de refroidissement de la briqueterie, loin de la maison mais avec Zelda.

Un corbeau dehors lance un cri, et bizarrement ce cri fait du bien. C'est le monde, et c'est vrai. Les corbeaux croassent. Mais maintenant voilà cette créature installée sur elle et qu'elle n'ose reconnaître. Dans sa tête, les pensées clignent, pareilles à des yeux de fou. Elle bat des cils sans respirer car l'odeur, car la couleur roussâtre. Elle ose un doigt sur la fourrure. Elle frotte son ongle entre les poils. Ça va bouger, des dents vont claquer. Ça va bondir jusqu'au plafond noir, là-haut.

Et Lev qui est parti.

Elle n'a pas le droit de pleurer et les larmes lui sortent déjà des cils, de partout. Un animal est posé sur elle, mais aussi, elle le devine sans l'avoir vu, sur les jambes de Zelda, peut-être au-dedans d'elles. Elle sent soudain la chaleur de l'urine grandir par-dessous sa hanche.

Elle palpe plus fermement la fourrure, et ça ne bouge pas, ne mord pas, ne bondit pas. Si ça gronde, c'est en elle.

Ce chien couché sur elle n'est pas un chien, elle se dit, raisonnable, mais une couverture que quelqu'un, Lev ou une autre personne s'il en existe encore, a étendue sur les sœurs pour qu'elles aient moins froid dans la briqueterie endormie. Après ce qui s'est passé.

C'est ce qu'elle a compris. Les mots sont là. *Ce qui s'est passé.* Qui les a prononcés, elle ne sait pas. C'est une grande ombre blanche.

Et ce n'est pas un chien.

Heureusement, personne ne sait. Pour sa terreur et ce qui s'est passé un jour à cause des chiens. Heureusement, Lev n'en sait qu'un bout et puis il est parti, Lev. On l'imagine un instant revenir au galop, suivi d'une meute errante, des bêtes immenses et jaunes, crocs et ongles affûtés, poitrails larges, gueules roses et gueules blanches assoiffées de rouge, mais elle n'y pense plus car voilà que de l'autre côté de Zelda dont sans le vouloir elle a dérangé le sommeil, quelque chose roule, un mot, un gémissement, comme de la tristesse.

9

Cet après-midi-là elle était restée seule. Le père et la mère avaient demandé à s'entretenir avec le rabbin. Ça devait être important, pour que la mère se déplace et s'en mêle, pour que Zelda les accompagne, mais on n'a jamais su.

À présent qu'ils étaient partis, la maison était à Henni. Elle qui n'avait pas peur des moustiques, elle avait tout ouvert. Les lits étaient faits, la table débarrassée des traces du repas, les torchons étendus à sécher, les verres rassemblés autour du samovar sur la tablette basse. La veille, Zelda avait mis à tremper dans un pot au-dessus du buffet les lilas apportés par Kreina Schifman, d'un violet vif, bientôt fanés. Il y avait de la bonne fatigue à contempler tout ça. Les pièces vides se remplissaient du dehors, odeurs des crottes et caquètements des poules que le vent apportait par la fenêtre, fumée légère, mouvements de lumière. Sur le bois du mur, les traces de moisissure prenaient la forme de papillons qu'on n'avait jamais vus, de souris cornues, de fleurs aux mystérieux reflets de sapins.

Ça faisait drôle de marcher sans voir ni sentir l'épaisseur

de la mère. Grisée, Henni s'était hissée une seconde sur son siège pour voir ce que l'autre y voyait quand elle ouvrait les yeux.

Tout. La mère aurait tout vu si elle avait voulu.

Ensuite, elle avait trottiné sur la pointe des pieds à travers la maison, les bras écartés qui se balançaient. Elle était seule et grande. C'était une aventure nouvelle.

Lev était absent, ce qui était normal, il était allé retrouver loin d'ici d'autres garçons de son âge ou va savoir qui, il se baignait dans la rivière sans avoir pris la peine, comme le père le lui avait pourtant demandé plusieurs fois, de couper et fendre du bois avant de déguerpir. On avait l'habitude avec Lev. On n'y pensait déjà plus.

Puisque à l'époque aucun des autres bébés n'était encore né, il ne restait que Iossif après le départ des parents et de la sœur aînée, et Iossif sommeillait en paix dans le berceau basculant. Il tenait bien assis quand il le décidait mais il ne marchait ni ne rampait encore. Il était trop petit. C'était le bébé de Zelda, bien sûr, mais voilà qu'il avait été confié à Henni.

Il est à toi, avait dit le père tout à l'heure en lui mettant la main sur l'épaule, il est à toi jusqu'à notre retour. Macha Briskine passera bientôt pour voir si tout va bien, et tout ira bien.

Si Dieu le veut, aurait dit Kreina, mais comme elle n'était pas là elle ne l'avait pas dit. Tout irait bien assurément. Le père remuait la tête et ses yeux étaient de bons yeux.

Le bébé est nourri, il est propre, il ne va pas bouger, avait dit Zelda. Il va dormir en paix, tu n'as qu'à juste, une ou deux fois, aller lui vérifier la figure.

Dormir repu est du meilleur repos.

Le père avait souri, la sœur aussi. La mère, cahin-caha, s'était déjà engagée sur le chemin devant la maison. Qu'elle ne touche pas au feu ! avait-elle crié sans qu'on voie sa bouche prononcer les mots. Depuis toujours, paraît-il, la mère a peur des incendies qui avalent les maisons et même parfois les gens.

On ne pouvait pas lui répondre, son dos était trop loin déjà et puis la mère n'attendait jamais de réponse. Les lampes étaient éteintes, que personne ne s'inquiète, on ne toucherait à rien.

La route est longue pour ta pauvre mère, avait dit le père en se relevant. Allons-y.

Zelda, s'éloignant à leur suite, avait pris le temps de se retourner pour agiter la main dans sa direction.

Henni, avait-elle crié.

Henni. C'était juste pour dire son nom, qu'il résonne au-dehors sous le ciel. Henni !

Zelda ! avait crié Henni en retour.

Et alors qu'entre elles la distance s'étirait comme un élastique, elles s'étaient souri.

Les trois avaient fini par disparaître au coin de la route, et elle, Henni, était restée dans la cour de devant, seule, gonflée d'une joie jamais connue. Il faisait beau, pas trop chaud, pas trop frais. Dans la maison voisine, comme souvent, la mère Straigorodski et son fils demeuraient invisibles. Sur un montant de bois, leur linge séchait doucement. C'était bien.

C'est pour ça qu'un instant plus tard, Henni traversait les pièces, les yeux, les narines et les poumons écarquillés. Des fenêtres, elle en avait elle aussi dans la tête et dans la poitrine, et le soleil entrait dedans. Iossif était son bébé pour une heure ou deux heures avant que Macha ne s'annonce ici pour mettre son grain de sel. Elle avait l'espace, le plancher lavé, les lits faits, la table sans miettes et les odeurs de l'air qui donnaient le vertige. Elle n'avait que quatre ans et demi mais puisqu'elle savait faire, cet après-midi-là on lui avait prêté un bébé.

Elle s'est approchée du berceau. Comme promis, Iossif y était endormi, la tête droite posée au milieu parmi ses boucles de cheveux, les paupières et la bouche fermées. Il était un enfant parfait qui faisait ses petits bruits par le nez.

Henni est restée longtemps à le contempler, accroupie à côté. Il respirait. Elle guettait ses tressaillements de joues, ses froncements de sourcils, qui sont le langage du sommeil paisible des bébés.

S'il bouge, ça veut surtout dire qu'il est toujours vivant, avait dit Kreina l'autre jour en le considérant pensivement.

Macha, elle, jurait que Iossif était le portrait craché de son frère. C'était difficile à dire car il était si joli et si pur, mais si c'était vrai aujourd'hui ça n'avait pas d'importance. On dirait à Iossif de se dépêcher de ne pas se transformer en Lev. On inventerait pour lui le modèle d'un autre grand garçon.

Et en attendant Henni le regardait qui dormait, tel un enfant parfait.

Elle a balancé doucement le berceau, elle avait vu cent fois sa sœur le bercer ainsi, sans à-coups, prenant modèle sur l'onde roulant dans l'eau de la rivière. Une mouche grasse est entrée par la fenêtre, d'un œil elle en a suivi le vol un moment avant de s'approcher du tonnelet où marinaient les cornichons malossols. Avec le puisoir en bois elle en a pioché un beau et l'a croqué sur le pas de la porte, appuyée sur le chambranle. C'était le plus gros cornichon qu'elle ait jamais mangé. Elle se prenait pour une dame qui regarderait au loin devant sa maison, attendant tranquillement que son mari revienne, et c'était facile d'être une dame après tout. Le cornichon était un peu mou, mais bon quand même, il ne donnerait sûrement pas mal au ventre.

De là où elle se tenait, on distinguait le bouquet de saules dont, l'année suivante, elle pèlerait les jeunes troncs avec les filles du marchand de drap qui étaient des cousines mais moins que des amies. De ces rubans d'écorce récupérés à grand-peine elles feraient des trompettes en les laissant sécher, enroulés avec soin autour d'un bâton. Soufflant dans l'une de ces trompettes, Zelda organiserait, plus tard encore, des mois après, un petit numéro de musique qui les ferait rire aux éclats. Iossif serait assis sur le tabouret fabriqué par le père pour Henni, et dans le pré les fleurs jaunes et les bleues avec le cœur blanc seraient elles aussi au spectacle. Kolia serait né, il grossirait mal parce qu'il n'avait jamais faim et tout irait bien.

Mais on était loin de ce jour, alors forcément on n'y pensait pas. Ce jour-là les saules étaient intacts, le tabouret encore enfermé dans le tronc d'un arbre inconnu, Kolia on ne savait pas, peut-être collant des étoiles sur le plafond de la nuit, et enfin Iossif endormi dans son lit.

Se demandant combien il lui restait de temps avant l'arrivée de Macha, Henni a traversé la pénombre assourdie de la pièce pour revenir vers lui. Le bébé avait tourné la tête de côté, elle a voulu la lui remettre droite en la saisissant à pleines mains, afin qu'il soit exactement comme on le lui avait offert en partant, et Iossif n'a pas fait d'histoires. En un éclair il était redevenu le bébé parfait.

Elle s'est redressée, elle a reniflé par saccades pour faire un air de chanson, elle s'est remise à genoux, elle a poussé plus fort le berceau basculant. Elle a pensé qu'elle était une mouche, elle a bourdonné. L'acidité du cornichon lui remontait dans la gorge, elle n'aurait qu'à boire un peu d'eau et ça finirait par passer.

Elle s'est penchée sur le bébé, de plus en plus près, et tout à coup elle lui a embrassé la figure, d'abord tout doux et ensuite moins doux, à cause de l'élan. Elle l'a couvert de bouche et de nez et de joues et de battements de cils et c'était son bébé à elle et c'était tellement délicieux.

C'est sûrement à cause de l'haleine horriblement vinaigrée par le malossol que Iossif a fini par se réveiller et se mettre à gémir.

Henni a entendu dans sa tête la voix de son père, Henni, ton bébé pleure. Il avait raison. C'était vrai. Il pleurait vraiment, à présent. Il fallait faire quelque chose. Les bébés pleuraient souvent, paraît-il, ça n'était pas grave.

Elle a attrapé Iossif par le milieu et l'a sorti du lit.

Ça non plus ça n'était pas grave. À ce moment-là, rien de grave n'était encore arrivé.

10

Elle se concentre. Il faut essayer, et si ça ne donne rien, on recommence. On recommence sans jamais s'arrêter. C'est le système. Ça a marché pour les débuts de la couture, pour le pain de viande et les tranches de concombres exactement au goût du père, très fines et régulières, croquantes et molles à la fois, à peine poudrées de sel.

Elle voit la neige piquée de branchettes, le passage ouvert dans la nuit. Elle cherche plus loin. La main de sa sœur. Voilà. Il y a un bruit en plusieurs temps, un double choc, elle pense aux pics de glace au bord du toit de la veuve Straigorodski, grands comme elle, qui s'abattent puis éclatent en morceaux de lumière, elle pense au soleil et au ciel en colère ainsi qu'ils le sont certains soirs, se reflétant sur la rivière.

Elle voit soudain Kolia à plat sous l'édredon, ses deux pieds blancs à la frontière rouge de l'édredon rouge, elle ne voit pas Iossif à cause des morceaux de verre mais voici la mère qui parle debout et l'homme aux yeux de hibou.

Qu'est-ce que c'est, où était-ce. Elle a dormi et des images lui sont venues en rêve.

De toutes ses forces elle écoute ce que la mère a dit à l'intérieur de la maison, mais sa voix refuse d'entrer dans la briqueterie. Elle reste à la porte ou même pas, loin là-bas, ravalée. Restent le bras tendu de la mère, rond, et au bout, la rotation de ses doigts dansants. Mieux que l'auraient fait des mots, ces doigts ont ordonné aux filles de se précipiter vers la porte et de fuir. Zelda et elle l'ont compris alors que c'était aux hommes que la bouche de la mère s'adressait.

Courez !

Sauvez-vous !

L'un des petits a poussé un cri. Même Avrom aurait pu crier à ce moment-là, elle se dit. Oui. Même Avrom.

Mais on ne sait pas qui a crié car on s'est retrouvées dans la neige, têtes nues, débraillées, en pauvres chaussures, tandis que les brigands, à l'intérieur, se jetaient, se jetaient sur quelqu'un, et on veut savoir qui sans vouloir savoir tout.

Elle n'en revient pas. Qu'est-ce que c'est. Elle tremble tellement qu'elle a honte, et elle n'en revient pas.

Et pendant ces pensées Zelda s'est réveillée. Elle se relève dans l'ombre. D'une main elle calme ses cheveux affolés autour de sa figure, les peigne avec ses doigts. Ses yeux brillent comme s'ils s'apprêtaient à pleurer, et son front pleure aussi, baigné d'une sueur qui poisse son duvet clair, et ça c'est étrange car il fait froid ici, dans la briqueterie. Au fil des heures il a fait de plus en plus froid malgré la peau de mouton-chien que quelqu'un a posée sur elles.

Henni fabrique avec sa bouche un sourire. On dirait que Zelda ne remarque pas la flaque sous ses fesses, ou alors elle fait semblant de n'avoir rien vu. Ça arrive qu'elle fasse ça, Zelda, pour aider, elle passe le bout rosé de sa langue sous son nez et les bêtises, les fautes n'existent plus.

Les cheveux maîtrisés à présent, même si, curieusement, elle n'est pas allée jusqu'à les tresser, Zelda se penche, elle dit lève-toi à voix basse, Henni, lève-toi.

Et Lev ?

Lev a dû rentrer à la maison. On y va aussi. On ne peut pas rester là. On va voir ce qui se passe. On s'en va d'ici. Houp.

Zelda sait crier tout en chuchotant.

Et on entend en écho la voix de leur père, Henni, Zelda, vos bébés pleurent ! Courez !

Henni se redresse. La couverture qui n'est pas un chien descend dans son dos, on l'oublie. Le froid tombe à la place. Dehors, des gens se sont rassemblés, leur brouhaha transperce la grande porte de bois. Ça vibre. On les sent. Des manœuvres ou des charretiers employés de la briqueterie. Ils vont vouloir entrer. Avec le jour vient le travail, Henni le sait. Il faut savoir ce que raconte au matin le feu dans le four, là-bas, dans une autre salle, il faut recommencer à mouler et à démouler les briques.

Elle a déjà vu faire. Ce n'est pas la première fois qu'elle se trouve dans la briqueterie, même si l'autre jour il s'agissait d'une simple visite. Lev, qui connaît d'autres garçons employés ici, y avait mené sa sœur derrière lui. C'était un peu avant Roch Hachana, après la nuit du lac. Henni, désœuvrée, l'avait suivi sans se faire prier, et sur place, l'avaient fascinée l'argile, le feu, la poussière, les tas de bois hauts comme des maisons et les gestes des hommes, leurs voix grosses, leur peau anoblie de crasse.

Aujourd'hui les ouvriers d'hier se sont transformés jusqu'à devenir les brigands dont l'image hachée clignotait à l'instant dans ses yeux. Issus de la même famille infernale et plus nombreux encore, ils sont les soldats ou les paysans enragés dont Lev et le père s'entretenaient en secret la semaine précédente. Oui, elle comprend, elle fait enfin le rapprochement. C'était eux, c'était ça. Henni n'est pas si bête, dit souvent le père, et il a raison.

Le bruit reprend contre la porte. La veille au soir, avec Lev ils étaient entrés par-derrière, se glissant par une ouverture secrète sous l'escalier extérieur qui grimpe va savoir où.

Au loin, dehors, quelque chose claque.

Lève-toi.

Henni se redresse, elle est debout, elle saute vers sa sœur, le creux de sa sœur.

Zelda.

Du regard elle cherche la main, celle qui n'a pas coiffé les cheveux, et la trouve figée, dérobée, enroulée dans les plis du tissu au bout du bras raidi. C'est la vérité, alors. *Ce qui s'est passé.*

La main rouge de Zelda. La main noire. Si seulement elle pouvait la voir. Pas la toucher, mais la veiller. La regarder s'ouvrir doucement sous ses yeux. Peut-être que Iossif est encore dedans. Iossif et les autres, Avrom. Le feu et la soupe chaude. La coupelle jaune pour les fraises, la pochette souple en peau de Grand-mère dont on a cru longtemps qu'elle était fabriquée avec sa propre peau parce que Grand-mère était morte et n'avait plus besoin de ses bras, de ses jambes.

Zelda ferme les yeux, elle est pâle, elle semble vouloir écouter un son que les autres n'ont pas à entendre.

On s'en va ? dit Henni.

Attends. Zelda remonte les épaules.

Une minute.

L'air sort de sa bouche, tout orangé sous les narines et les paupières closes. On comprend qu'il faut la laisser. C'est un moment à elle.

Henni patiente quelques secondes et puis elle se risque. La question qui lui mord le ventre depuis la veille au soir jaillit hors de sa bouche. Est-ce qu'elle a mal, Zelda, est-ce que sa main, est-ce que ses doigts, est-ce que, est-ce qu'ils sont *coupés* ?

Elle a vu le sang, elle a reçu au même instant un morceau du coup que sa sœur a reçu. Elle sent, elle sait, elle sait un peu.

Zelda finit par rouvrir les yeux et la regarder en face, mais pas tout de suite, comme si elle devait chercher loin dans son souffle la force de répondre à ce genre de question. Quand elle relève le menton on peut voir sur ses yeux comme une écorce d'eau.

Non, je n'ai rien, elle dit, presque rien, et on sent, à ses lèvres, à ses cils, combien se met là de remords. Zelda n'a pas grand mal et c'est un mal mille fois plus grand que des doigts coupés.

Ce n'est pas moi, elle dit alors d'une voix absente. Et Zelda se réfugie à nouveau derrière ses paupières, serrant son poing serré contre sa poitrine. Je n'ai qu'une petite blessure, elle a coulé à peine.

Et elle étouffe un sanglot effrayant. Ce n'est pas mon sang qui est là, dit Zelda. C'est pire que mon sang.

II

Très vite, la figure dans le cou de sa sœur, Iossif avait arrêté de pleurer. Il était sauvé de la solitude des berceaux.

Henni s'était souvenue de la façon dont Zelda le tenait parfois pour qu'il puisse profiter du spectacle au-devant, le dos du bébé collé contre la poitrine. C'était une idée ambitieuse dont la mise en œuvre était difficile. Calée contre le mur, à force de contorsions elle avait réussi à le retourner et puis péniblement l'avait promené à travers la pièce. D'une voix docte elle lui signalait les objets les uns après les autres, le samovar qui brûle attention, le petit balai de genévrier pour nettoyer la sole du four, le siège en bois ciré sur lequel on prendrait tout à l'heure le lait de la mère, la boîte en écorce de bouleau pour aller loin là-bas ramasser des baies ou des fraises, l'autre plus grande pour y ranger les œufs, le vase à double bec pour se laver les mains, les plats, les pots, les bols, le bouquet là sur le buffet, regarde en l'air, petit Iossif, regarde, ça sent bon.

Sur la banquette, dans l'ombre, on apercevait par éclairs la vieille figure de la grand-mère qui était morte au printemps, si près du jour où ce bébé-là était né.

Il n'était pas certain que Iossif prenne la mesure de ce qu'on lui montrait et puis il pesait tellement lourd, bien plus lourd que lorsque Lev ou Zelda le portaient dans leurs bras, à croire qu'il n'était alors qu'une modeste bûchette de bois, ou un autre bébé, creux à l'intérieur.

Iossif était bien rempli, à cette heure, et il dégoulinait le long du ventre d'Henni, irrépressiblement attiré vers le sol. Il ne l'aidait pas du tout en s'accrochant au moins un peu à elle. Avait-il seulement aperçu les fleurs, on en doutait. Le buffet était haut pour lui, il faut dire, et le pot chassé au fond vers le mur. La leçon lui plaisait, cependant, car il ne grognait pas. Sous les langes, ses jambes et ses bras ondulaient pour exprimer son contentement.

Pauvre bébé lourd, avait pensé Henni en détaillant le bouquet flapi de Kreina Schifman. Dehors, il y avait des fleurs, des vraies fleurs vivantes. Elle avait repéré, dans l'herbe là-bas, des taches jaunes frétillant dans le vent, et sous les arbres il y en aurait d'autres qu'elle connaissait, bleues, plus petites, au cœur blanc. Il y aurait les tiges et les branches. Les ailes des oiseaux tranchant la chair mousseuse des nuages.

Il y aurait les poules dans le poulailler. Ah oui, les poules. Iossif les trouverait drôles. Il les trouverait belles.

C'était une chance, s'était-elle dit une nouvelle fois, d'habiter à la sortie et non en plein cœur du shtetl comme l'aurait voulu Lev, près de la place si bruyante et animée du marché. Ici, autour de chez eux c'était calme, il y avait moins d'ordures répandues, moins de bavards, de traîne-patins et de voitures aux essieux mal graissés qui couinaient affreusement. Il y avait moins de hennissements de chevaux fatigués et il y avait les arbres et il y avait l'herbe.

S'aidant de son genou, elle a fait remonter le bébé dans ses bras et elle est sortie devant la maison. La lumière est entrée dans leurs yeux, les faisant frémir, mais Henni n'a pas desserré son étreinte. Ses muscles commençaient pourtant à la faire souffrir alors elle a fait quelques pas pour se redonner du courage et se laisser porter par l'élan. Iossif ne bougeait plus, c'était sûrement qu'il était occupé à profiter du paysage. Oui, pauvre, pauvre bébé lourd. Zelda faisait tout ce qu'il fallait pour lui et pour tout, mais il ne prenait pas souvent l'air.

Au tournant, une voiture à bras a fait son apparition, roulant vers eux avec lenteur. Henni s'est figée. Ho, elle a dit. Elle s'est assise sur le banc que le père avait fabriqué et installé dans la petite cour de devant. Ce n'était pas le moment de paraître en difficulté avec un bébé tiré d'un coup de son lit.

Elle avait déjà vu plusieurs fois cet homme arpenter les rues du shtetl avec son barda dans une pauvre charrette de guingois. Elle le reconnaissait. Brossant la poussière de la route, son très long manteau noir n'était plus noir à force de soleil et de pluie, de saleté et de neige, à force de vieillerie. L'une des manches tenait à l'épaule avec de la ficelle et formait des plis.

Quand il les a vus, elle et Iossif, assis sur le banc de bois, le vieux colporteur n'a pas ralenti son allure. Il devait savoir que jamais Zelda n'aurait laissé s'approcher de sa porte quelqu'un qu'elle ne connaissait pas. Quelqu'un ou quelquepas. La sœur de cette fille-là, postée sur le banc avec son enfant à elle, aurait sûrement les mêmes manières prudentes. Elle le chasserait à l'instant s'il se risquait à lui adresser la parole.

Les yeux dans le vague, ses chaussures raclant le chemin avec un drôle de bruit, l'homme s'est dirigé avec dédain vers la sortie du village. On a remarqué qu'il ne s'arrêtait pas davantage chez la veuve Straigorodski. C'était pourtant dans cette maison qu'il aurait pu espérer vendre une dernière babiole avant de s'éloigner. Mais il est passé sans un regard, le colporteur, comme si ce coin retiré du shtetl n'était pas assez bien pour lui. Bientôt, ça a été son dos triste et puis on ne l'a plus vu.

C'est dommage, n'a pu s'empêcher de penser Henni sur son banc, car souvent dans leur fatras il se cache des trésors, avait dit une fois Ita Sandler en montrant à son doigt une bague en forme de trèfle. On venait de la croiser sur la place du marché, juste devant la pâtisserie, et en reconnaissant Henni Ita avait souri et lui avait fait signe, va savoir pourquoi mais ça faisait plaisir de se sentir choisie.

Des trésors, elle avait dit, et c'est vrai que la bague sur le doigt du milieu brillait fort, illuminant la main d'Ita et même jusqu'à ses yeux. On voulait bien la croire, enfin il faudrait vérifier pour ce colporteur-là, mais c'était possible. Un rien sur Ita rendait si joli.

Bon débarras, elle a dit quand même à voix basse. Le bébé a grogné en signe d'adhésion.

Elle avait repris des forces sur le banc et Iossif aussi, qui commençait à s'exprimer dans sa langue à lui. Plus tard, à son arrivée, Macha n'aurait qu'à l'emmener visiter les poules. Ces oiseaux-là roucoulaient un même genre de dialecte, ils sauraient se parler.

Macha aimait bien les poules. Chaque fois qu'elle repartait de chez les Sapojnik, après avoir bu le thé, elle pénétrait sans bruit dans le poulailler et en ressortait avec quelques œufs glissés dans ses poches, enveloppés dans plusieurs épaisseurs de mouchoirs pour qu'ils n'y éclatent pas. Elle avait l'air de s'imaginer, Macha, que personne ne voyait ce qu'elle faisait, ou que les yeux d'Henni ça ne comptait pas.

Mais en attendant qu'elle pointe le nez ce jour-là, mieux valait décider par soi-même ce qu'on voulait faire, où on emmènerait le bébé, quoi lui faire admirer, quoi toucher et quoi emporter.

Les nuages au-dessus des arbres étaient dessinés à la crème, blancs et ronds comme dans le livre d'images qu'avec Zelda elles feuilletaient parfois. Tout à l'heure, elle montrerait ce livre à Iossif. Le garçon que son frère deviendrait plus tard et qui ne ressemblerait pas à Lev saurait dessiner les nuages, les arbres, les fleurs et les poules. De son côté, Henni s'entraînait déjà à dessiner les œufs, et ça n'était pas si facile.

Elle s'est levée, le bébé bien en place sur son ventre. Ils s'étaient habitués au soleil du dehors alors elle est sortie de la courette. Sur une branche, un oiseau noir et blanc fourrageait là-bas avec son gros bec.

Les pies veulent trouver des ramilles pour construire leur nid et sont prêtes à les casser elles-mêmes sur les arbres plutôt que d'attendre qu'elles tombent, aurait expliqué le père s'il avait été à sa place. Elle l'avait entendu prononcer ces paroles un jour alors elle les a répétées à Iossif. Près de la rivière, elle avait repéré en hauteur l'un de leurs gros nids hérissés. On n'aimerait pas, ajouta-t-elle de son propre chef, avoir à s'endormir dans un lit si pointu, hein, Iossif. Elle a souri, et sûrement que Iossif aussi.

Ensuite, elle a commencé à chanter une chanson et ils se sont dirigés vers les saules.

12

En route, il y a le vent.

Dans la lumière qui se soulève derrière le hangar à bois, dans le froid qui hache les poumons dès la sortie de la briqueterie, elles vont faire des détours pour rentrer.

Zelda l'a dit avant qu'elles ne franchissent la porte. Il faut éviter les dangers. Il faut quitter la route. On sera des fantômes de neige, elle a dit.

Aujourd'hui, marcher dans les rues ou sur les chemins boueux au-delà du shtetl, dans la forêt, n'est plus vraiment marcher. Marcher c'est échapper. Est-ce qu'elle comprend ? Il y a le mal qui remplit l'air, ici, là, partout. Est-ce qu'elle se souvient de ce qui s'est passé ? Personne ne doit les voir.

Elles avancent. Bientôt, la briqueterie est loin derrière, elle n'a jamais existé. Sous les branches, les ronciers s'affaissent sous de larges pellicules de neige percées de brun.

J'ai froid, dit Henni qui pense à sa culotte mouillée, et Zelda trouve que c'est mieux que la veille. Beaucoup mieux, elle dit, à cause du dégel précoce. Tout ici va se mettre à fondre et on n'a jamais aimé ça, la fin salie de la neige.

Elle sait, oui, elle sait que ni l'une ni l'autre n'est assez couverte à l'heure qu'il est pour s'en aller marcher au-dehors. Mais oui, Henni, tu as raison. Allons chercher nos manteaux, d'accord ? Et ne pense pas au froid, ne le laisse pas entrer. Ce sera bien fait pour lui, alors, pauvre froid qui restera seul au-dehors de toi.

Zelda disait toujours ça quand on était petite. Que le froid rejeté pouvait souffrir aussi.

Il sera glacé ? Plus que moi ? Plus que toi ?

Ces trois questions formaient la suite rituelle de l'échange.

Oui, froid et vent gèleront là jusqu'à l'os. Maintenant viens. Dépêche-toi. Zelda parle cette fois sans écouter sa propre voix, comme font souvent les grandes personnes, on dirait qu'elle est ailleurs, distraite, à la maison déjà. Le froid ne la concerne pas.

Les mots résonnent. Henni ne déchiffre pas tout, ne se rappelle pas bien. De quoi parlait-elle, Zelda, lorsqu'elle est sortie dans le jour. De quel *souvenir*.

On sait que les bébés, par exemple, sont loin, très loin d'elles. Beaucoup trop. On sait qu'on a passé la nuit dans un entrepôt vide à l'odeur de fumée et de terre humide plutôt que sous l'édredon que Grand-mère a rempli voilà longtemps de plumes d'oies. Une nuit qui fait qu'elles sont têtes nues, sans manteau et sans rien pour protéger leurs mains du gel.

Dépêche-toi.

Elle se dépêche. *Avrom.*

Il ne faut pas penser.

Ne réfléchis pas trop. Parler suffit la plupart du temps,

a dit un jour Kreina Schifman, elle a peut-être raison pour une fois.

Avrom. Elle dit son nom à l'intérieur du vent. Les syllabes sortent entre ses dents et s'envolent, scintillantes, elle se demande si elles trouveront où s'accrocher, les syllabes, si pour se reposer, elles pourront s'allonger sur des branches de sapin ou près d'une cheminée. Elle est fière de connaître ce mot, *syllabe*, que le père lui a appris et expliqué l'autre soir. Les petits noms du bébé, que personne ne connaît ni n'entend à part lui, à part elle, sont faits d'une pluie de syllabes aussi différentes que des fleurs au milieu d'une prairie.

Zelda avance comme toujours la première. Ses bottines s'impriment dans la neige intacte avec un bruit de coton déchiré, et sur le côté, l'un de ses bras marque la cadence. Un seul. L'autre, on le sait, on l'espère, est bien là, roulé depuis l'épaule dans le tissu épais de la veste, au secret. Henni s'efforce de placer ses pas exactement dans ceux de sa sœur, mais elle perd du terrain, ses pieds sont trop courts, ses mollets, ses cuisses sont trop faibles, ses fesses trop glacées. Ses chaussettes détendues forment des boules horripilantes au fond de ses chaussures. Elle souffle, la bouche grande ouverte, la langue à demi sortie. La buée déborde dans son cou.

Ne traîne pas.

Elles trottent. Sous le soleil blanc du matin, ce qui subsiste de neige a rendu doubles les silhouettes des arbres, une blanche et une noire collées l'une à l'autre. Henni ne sait pas où elle va mais ça n'a pas d'importance, elle va dans Zelda car sa sœur, depuis toujours, est un horizon dans lequel se jeter.

On va prendre par le verger, le long des rangées de pommiers, dit Zelda, et sa voix ne ressemble toujours pas à sa voix. En zigzag, le chemin est plus long mais sera moins dangereux. Ne marche pas dans d'autres pas que les miens.

Oui, je sais.

Elle sait. Elle obéit sans qu'on ait besoin de lui dire. Et pourtant tout est bousculé.

Un groupe de villageois apparaît, elles bifurquent aussitôt. Un mur éboulé leur sert d'abri temporaire et puis, quand les hommes sont passés sans même avoir remarqué leurs traces, les sœurs bondissent. Elles sont invisibles. Ça pourrait être un jeu mais ça n'en est pas un. Même Henni le comprend. De l'autre côté de sa tête Zelda ne sourit sûrement pas.

Plus loin, une grande fumée envahit soudain le verger, elles la repèrent à l'œil avant même qu'elle ait atteint leurs narines. C'est un feu qu'on a mis devant une maison, là-bas. Zelda le désigne du doigt.

Elles s'approchent. Elles s'arrêtent.

Elles vont perdre du temps mais ne peuvent s'empêcher, même Zelda, de se laisser envoûter par la vision du feu. Affolées de leur propre hauteur, pétaradantes, les flammes se dressent entre la porte ouverte et les bâtiments modestes face à la maison, poulailler à demi affaissé, bûcher, remise de pauvres gens.

C'est un fou qui a allumé ça, pense Henni. Le feu brûle trop près, trop fort. On ne ferait pas de telles choses. Le feu est un être affamé, à la moindre occasion il mange les habitations et les gens, on le sait.

C'est un fou qui a eu cette idée. Ce sont des fous.

Elles regardent, médusées, elles sont debout et raides et le feu de planches et de meubles se déploie dru devant elles comme pour aspirer toute la terre de la cour, la façade, le ciel blanc et jusqu'à l'intérieur de celles qui se risqueraient à le regarder trop longtemps.

13

Plus tard, Henni a réfléchi et réfléchi à ce qui s'est passé ce jour-là avec Iossif, se demandant non pas qui ils étaient mais par exemple d'où ils venaient. Pas au début, c'était trop difficile, mais après, oui.

On ne sait pas si, de loin, ils s'étaient lancés à la poursuite du colporteur et de son chariot. Il semblait que, dans cet équipage, rien n'aurait pu les allécher au point de les pousser à suivre le vieil homme sur une très longue distance. Le colporteur vendait des colifichets et de la vaisselle, des perles ou des rubans, de petites bagues qui plaisent aux jeunes filles, mais rien de bon à manger.

Qui peut dire, malgré tout, si le bonhomme ne gardait pas, au fond de sa poche crasseuse, le reste d'un pâté de viande prévu pour son dîner, ou un os. Quoi qu'il en soit, quand on y pense, jamais plus le vieillard à l'interminable manteau ne s'était montré dans le village, alors qu'on l'y avait croisé bien souvent.

Ils étaient deux.

Deux, bruns et couverts de boue jusqu'en haut du poitrail. Leurs poils étaient si longs et frisés qu'ils n'avaient pas d'yeux sur la tête, mais simplement des oreilles pointues rabattues en arrière ou dressées, une gueule ouverte et une langue molle comme une tranche de foie. Parfois, la scène se recompose malgré elle sous les yeux d'Henni et les deux chiens ne sont plus frisés, mais lisses au contraire, leur pelage surnaturel enduit d'un beige irisé. Leurs yeux absents sont apparus, immenses, luisants et rouges. Cette paire-là est encore pire que l'autre.

Quoi qu'il en soit, une chose est sûre. Deux molosses parfaitement identiques trottaient à vive allure vers elle au milieu du chemin. Ils ne se promenaient pas. Ils n'avaient pas le nez au vent, mais une idée en tête. Et quand au tournant ils avaient découvert à vingt pas Henni et son bébé lourd s'approchant des saules, cette idée avait sans doute été dérangée. Ou bien avait germé à cette seconde précise. Ils l'avaient trouvée, elle, Henni, exposée, coupable, et lui, Iossif, parfaitement sans défense. Ils n'avaient pas l'embarras du choix dans ce coin désolé de campagne, à la sortie du shtetl. Ce serait ces enfants-là ou bien ce serait rien.

Ils avaient stoppé net leur course et s'étaient mis à aboyer, frémissants, dégorgeant leurs tripes et des jets bouclés de salive dans une colère commune. La tête relevée ils retroussaient leurs lèvres en grondant pour qu'on voie l'intérieur mouillé de leur gueule, qui était rose et blanc, qui était noir, qui était plus grand que Iossif, plus grand qu'Henni et plus grand que le frère et la sœur collés l'un à l'autre.

Henni s'est enroulée par réflexe autour du bébé. Là-bas, l'un des chiens se tenait au-devant comme pour protéger l'autre, mais au moment de les dévorer, ils seraient deux dans l'assaut, Henni le savait, elle en avait le raffut et la décharge explosive dans tout le corps. Ils seraient trois, ils seraient dix chiens, et une fois qu'ils les auraient saisis par les jambes et les bras rien ne leur ferait rouvrir les mâchoires. Ils ne les lâcheraient plus, ils les mangeraient vivants.

L'urine a coulé sur sa jambe.

Ses yeux roulaient pour chercher de l'aide et personne ne venait, ni la mère Straigorodski alertée par le bruit, ni Macha passée voir enfin si tout allait bien, ni le dédaigneux colporteur, ni aucun membre de la famille Sapojnik. Personne.

La déflagration des aboiements mélangée aux pleurs acides de Iossif formait le bruit le plus abominable qu'elle ait jamais entendu. Le premier chien s'est avancé, le second a suivi quelques pas en arrière.

Ils étaient les démons jumeaux chargés de punir Henni d'avoir désobéi, de s'être sentie grande. Ils étaient hauts comme des chevaux, c'étaient peut-être des chevaux. Des chevaux hurlants qui venaient du ciel.

Alors, soudain, elle s'est mise à courir.

14

Dans la briqueterie, Henni a ramassé le sac au creux duquel avait voulu s'envelopper son frère. Lev avait dû se lever bien avant elles et partir sans pouvoir les attendre. Lorsque allongée contre Zelda comme deux cuillères ensemble elle l'avait observé, encore dans sa nuit à elle, le sac avait une tout autre allure. Au jour, ce n'était qu'un rectangle double cousu sur les côtés, percé dans un angle et pas si grand que ça. Elle s'est demandé quoi en faire. Elle l'a secoué et plié soigneusement sur le sol en plissant la figure à cause de la poussière. Puis elle a cherché dans les coins quelques longueurs de ficelle. Ce serait une aubaine si elle en trouvait, mais parfois elle lui souriait, la chance, et si on ne cherche pas, on ne trouve rien, dit le père et il a raison, c'est le système.

Au pied d'un mur elle a repéré une poignée de noix que quelqu'un avait mangées sans prendre la peine d'emporter les coquilles pour effacer ses traces. Lev avait eu aussi faim qu'elle et s'était montré plus malin en fouillant les lieux le premier. C'était sûr, c'était là ses manières, on les reconnaissait. Il n'avait pas laissé le moindre morceau de cerneau dans les éclats de coques.

Un petit couteau à la lame cassée l'attendait sur une étagère basse, elle l'a emmailloté dans son mouchoir avant de l'empocher. Puis elle est tombée sur un losange de toile tachée de ronds de graisse qui avait dû servir à emballer de la nourriture apportée par un ouvrier. Le tissu n'était pas très propre, mais assez souple et fin ou assez usé pour qu'on puisse espérer, à la force des mains, le déchirer de telle façon qu'il forme une bande assez longue. Le losange a rejoint le couteau au secret de sa jupe. C'était déjà, avec le sac à grains de Lev, un beau début de petit butin.

Dehors, les hommes semblaient s'être éloignés. On ne les entendait presque plus. Ce n'était peut-être pas l'heure après tout. Ou bien avaient-ils décidé de ne pas travailler aujourd'hui. Tout était bizarre alors pourquoi pas eux.

Zelda, là-bas, était assise par terre, penchée en avant. Elle s'affairait sur ses genoux. Quand Henni l'a rejointe, elle a sursauté. Ses joues ensuées se creusaient, luisant dans la pénombre.

Houp, on y va maintenant, elle a fini par lâcher. Elle s'était relevée. On y va.

Henni a dit oui.

Mais avant de partir, Zelda a pris le temps d'examiner sa sœur en silence. Son visage attentif était bousculé d'ombres bleues qu'on avait jamais vues. Hein, a dit la bouche grande ouverte d'Henni, surprise.

Elles se sont regardées. Les yeux de Zelda voulaient dire sans les dire des choses qu'on entendait. Henni, ils disaient. Henni. La voix était triste mais prononçait son nom quand même, qu'il résonne une dernière fois en silence sous le ciel de la briqueterie. Henni.

Zelda ! a chuchoté Henni.

Alors, elles ont filé par la porte à l'arrière, dans le froid.

À l'instant, non loin de la maison devant laquelle les flammes s'envolent, Henni s'enroule dans la toile du sac pour se garder du vent. Elle renifle le tissu au passage pour y chercher l'odeur du frère endormi, mais il n'y a rien que la poussière de brique pour lui mordre le nez. Tant pis, c'est bien Lev, ça.

Elle s'applique. Ensuite, se promet-elle, elle regardera de nouveau le grand feu pour s'y tiédir les yeux. D'une main, Zelda l'aide à plaquer la toile sur son ventre tandis qu'elle noue le cordon de tissu déchiré pour maintenir l'ensemble autour d'elle. Ça n'est pas très bien fait, ça bâille, ça glisse, mais ça tient. C'est bien, dit Zelda. C'est bien, Henni, c'est bien.

Dans la cour, les flammes n'ont pas réussi à faire disparaître la montagne de meubles empilés par le fou. On les distingue encore. Leurs âmes au cœur du brasier dessinent en pointillé leurs anciennes silhouettes, tels de petits fantômes crachant des poussières lumineuses pour en raconter les histoires. Chaises, fauteuil, berceau, bois de lit.

Ici et là, autour, des formes émergent de la mince couche de neige, jetées, lancées, bientôt avalées par la boue de la cour. On ne sait pas ce que c'est. Au milieu, le feu qui gonfle et bourdonne attrape les pupilles, il n'y en a que pour lui. Par moments, de brusques bouffées tièdes caressent la figure de Zelda et d'Henni. Si on s'approchait, on aurait certainement plus chaud, ou moins froid, pourtant on ne s'approche pas.

Les habitants d'ici sont partis. Qui par cette froidure laisserait sa porte ouverte. On sait qu'ils sont partis. Les gens d'ici. Ils ont même dû déguerpir en vitesse, se dit Henni. Sans pouvoir sauver leurs affaires. Ils ont eu peur du feu. Du fou qui a mis le feu à leurs meubles. Quand ce soir ils seront de retour il n'en restera que des cendres.

L'été précédent, tandis qu'elle se promenait seule à l'autre bout du shtetl, elle avait découvert, adossée à une maison de bois barbouillée de blanc, une baraque assaillie par le feu. Les flammes d'une couleur prodigieuse s'élevaient plus haut que le plus haut des arbres. À ce spectacle, Henni avait été saisie d'un spasme d'extase, puis les premiers hennissements avaient retenti. Des bêtes, avait-elle fini par comprendre, étaient prises au piège à l'intérieur de l'écurie. On entendait les sabots des chevaux affolés marteler la cloison et ces coups, les uns après les autres, étaient venus avec force dans la figure d'Henni.

Des hommes s'approchaient en courant, les bras levés en signe d'affolement. Ils criaient. Henni s'était enfuie, comme s'ils allaient s'en prendre à elle à défaut de pouvoir éteindre l'incendie. Elle était fautive. Bien sûr qu'elle était fautive. Le feu avait d'abord fait d'elle, tout orange, un long frisson de joie.

Sur le sentier cahoteux qui contournait le village elle avait pleuré et ça ne s'arrêtait pas, c'était plus grand qu'elle, au point qu'elle avait dû s'accroupir et regarder en hoquetant ses larmes tomber une à une sur la terre.

Ensuite, elle avait croisé Lev qui, à l'odeur, était venu voir. Lev était toujours sur les routes. À l'affût.

Elle ne pleurait plus. Devant Lev on ne pleure pas. Elle l'avait fait une fois, on ne l'y reprendrait plus. Elle sentait que son nez était rouge et ses joues ravinées, mais Lev l'avait dévisagée sans poser de question, il avait juste pressé le pas, sûr désormais de découvrir là-bas une affaire qui valait le déplacement.

Le lendemain matin, envoyée par Zelda acheter des légumes sur la place du marché elle n'avait pu s'empêcher de pousser plus loin pour revenir sur les lieux du sinistre. Elle n'était pas meilleure que son frère, après tout, affamée du chagrin des autres.

À cette heure, le feu avait été maîtrisé ou s'était éteint de fatigue. De minces filaments de fumée montaient encore des poutres calcinées plantées dans le ciel, tandis qu'autour de la maison la terre rongée par la chaleur était devenue autre chose que de la terre.

Les Krotchak ainsi que la moitié gauche de l'habitation avaient pu être sauvés, apprit-elle plus tard, mais le cheval, les deux mules et de jeunes brebis parqués dans l'écurie avaient péri dans l'incendie.

Elle s'était approchée. Pendant que d'autres, au fond, déblayaient les décombres, l'un des fils Krotchak s'affairait à déplacer une masse carbonisée d'où saillait une rangée de pieux tout tordus.

Tu as vu ça, avait lancé Élie en l'apercevant. La rage sortait de sa bouche. Son visage à l'étroite mâchoire imberbe était noir, noir de tristesse ou noir de suie. Il pleurait. Il pleurait devant elle, comme si des deux il était l'enfant. Interloquée, Henni avait jeté vers la poitrine d'homme tressaillant de sanglots un œil embarrassé.

Dieu fasse qu'on n'ait jamais à supporter tout ce qu'on peut supporter, avait ajouté Élie pour lui-même. Et du bout de son pied il avait cogné le tas calciné.

Tu as vu.

Elle voyait, oui, sans comprendre. De la scène incongrue se dégageait une forte odeur qui excitait la langue.

Enfin, du bras, Élie lui avait fait signe de s'écarter, Henni s'était sauvée.

Ce sont toujours ces sales types, avait lâché le père ce soir-là. Les paysans du village de l'autre côté du bois. Ça continue.

Ils ont voulu brûler le bâtiment entier et les Krotchak avec. La voix de Lev résonnait fortement. Pas seulement les bêtes. Ce que ces gens font savoir, c'est qu'ils *cherchent les âmes pour les emporter*. Et ils iront chercher jusqu'à la dernière des nôtres. Ils s'en vantent, je les ai entendus.

En vérité, les Krotchak n'étaient pas proches de leur famille, en tout cas pas des parents Sapojnik, mais Yossel, le fils aîné, son père et son grand-père étaient des personnes pieuses et respectées par la communauté. D'Élie, le père n'avait pas dit un mot mais, depuis ce jour, le visage du jeune homme est dans la tête d'Henni une écorchure tremblante. On sait qu'elle ne guérira pas, mais par une caresse, une pensée, on voudrait sans cesse essayer de la consoler.

Aujourd'hui, devant la cour de cette maison trop éloignée de leur quartier pour qu'elle en connût les habitants, cette face hallucinée vernie de larmes et de suie lui revient soudain, le fol hennissement des chevaux éclate à ses oreilles.

Elle pense au tabouret de bois que son père a construit pour elle des années plus tôt, si solide, avec ses pattes épaisses et douces. Il aurait pu se trouver là, son cher tabouret, pris dans la tourmente au milieu des affaires de ces gens. Elle pense aussi au siège ciré de la mère. Elle court, Zelda est déjà repartie.

15

De toutes ses forces, elle s'était sauvée loin des chiens. Elle a d'abord rejoint le bouquet de saules avant de s'élancer sur le sentier menant vers la rivière.

Elle a couru jusqu'à ne plus pouvoir courir. Derrière, les aboiements faiblissaient à mesure qu'elle s'éloignait et le son de son propre souffle grandissait à la place. Elle s'est arrêtée pour retrouver sa respiration et puis, longeant le cours d'eau, ils sont apparus à leur tour.

Ils étaient deux mais ils n'étaient pas des chiens, ils étaient son frère en grande discussion avec un garçon inconnu. Quand il l'a vue, Lev s'est approché, méfiant, et, sachant qu'elle n'aurait pas dû, Henni a éclaté en sanglots devant lui.

Qu'est-ce que tu fais là, il a demandé sans vraiment demander. Les pleurs ne l'impressionnaient pas. L'autre garçon la dévisageait d'un œil noir, on ne savait pas ce qu'il pensait, celui-là, ni ce qu'il pouvait faire avec des yeux pareils.

Pendant un long moment, Henni n'a pu répondre. L'air lui manquait et les larmes formaient dans sa gorge de gros paquets veloutés qui lui emprisonnaient les mots.

Puis comprenant que Lev, vite lassé, s'apprêtait déjà à entraîner son ami sans attendre, elle a dit les chiens. Les grands chiens sur la route, qui aboyaient si grand, aboyaient si sauvage, elle a dit les chiens enragés.

Ses gémissements ont redoublé. Le garçon aux yeux noirs a ri de la voir pleurer, ses épais sourcils se plissant curieusement, alors Lev a ri lui aussi.

Les chiens, quels chiens, il a marmonné sans vouloir savoir. Il souriait d'un seul côté de la figure. Tourné vers l'autre comme s'il ne supportait plus de la voir, il a fini par lâcher c'est ma sœur, et ça voulait tout dire, ces mots-là, ça disait surtout qu'il ne ferait rien, qu'il ne l'aiderait pas.

Henni avait compris, elle a reniflé un grand coup. Les garçons se sont pris par le bras, et d'un commun accord ils se sont éloignés.

D'abord, elle a voulu les suivre, parce que rester ici en plan était pire que d'être avec eux, mais ils se sont mis à courir, en riant et piaillant pour faire semblant d'avoir peur d'elle. Oh, criait Lev, et ho criaient les yeux noirs. L'un d'eux a aboyé, l'autre imité le cri du loup.

Elle s'est figée. Elle a respiré. Elle a essuyé sa figure avec sa manche déjà salée de morve. Elle a écouté le ciel. On n'entendait plus rien que la voix moqueuse de Lev qui devenait, là-bas, celle d'un enfant en train de s'endormir, toute menue. Les aboiements, quels qu'ils soient, avaient disparu.

Elle avait échappé aux chiens, et ensuite Lev et l'inconnu s'étaient échappés d'elle. Elle a craché par terre, il y avait trop de salive sur ses dents.

Et c'est à ce moment-là, elle le jure, à ce moment-là seulement qu'elle s'est aperçue qu'elle n'avait plus le bébé dans les bras.

16

Elles bifurquent par le bois puis rejoignent la ruelle bordée de masures délabrées où vivent plusieurs familles très pauvres dont on a vaguement entendu parler. Les lieux semblent abandonnés, et sous leurs toits de cartons enduits de goudron à demi effondrés, les maisons sont malades et tristes.

Henni se contente de suivre le dos brun de sa sœur et ça n'est pas facile avec son petit corps et son derrière humide, quand Zelda est toujours si rapide et si sûre, même ce matin où elle n'est pas la Zelda des autres matins.

Elle souffle et étudie la buée. Sa buée. Les rafales de vent lui plaquent des mèches de cheveux à travers la figure, rendant la marche plus pénible. Mais la maison, le père, les bébés et la mère dans le fauteuil intact en bois noir et ciré leur seront donnés à la fin. Le tabouret bien vivant. Il faut penser à ça. Ça n'est, murmure le père à son oreille, qu'une farce imaginée par Lev pour faire passer à ses sœurs une drôle de nuit loin de leur édredon de plumes, loin de la chaleur et de la bonté. Ça n'est presque rien.

Zelda s'arrête pour tendre l'oreille, pour comprendre, et Henni en profite. Elle rattrape son haleine avant de laisser fondre sous son palais une poignée de neige propre. On ne savait pas qu'en plus d'avoir faim, on avait cette soif infinie dans le ventre.

Ses mains sont mouillées à présent, et glacées, elle les frotte contre ses cuisses pour les sécher et ça lui donne l'idée. Elle repère un espace où la neige fine et lisse suggère une zone meuble au-dessous et se laisse tomber assise au milieu, les jambes droites, comme fait souvent Kolia. Désormais, ses fesses ne seront trempées que par la neige et les herbes que l'hiver a cuites au-dessous. Elle n'aura rien fait de mal dans sa vieille culotte.

Mais Zelda ne prête pas la moindre attention à ces manigances. Son visage, qu'on aperçoit de profil, est creusé d'une douleur étrangère. À l'intérieur, les pensées ont certainement trop à faire pour s'attacher à ce petit tour de passe-passe. Quelle idée elle a eue, quelle idée, qui serait assez bête pour y croire.

Elle se relève avec de brefs couinements et Zelda ne tend pas le bras pour l'aider.

Maintenant elle est vraiment trempée.

Après les vergers, le feu dans la cour et les cahutes sans lumière, il y a, là-bas, l'eau qui roule à travers la neige. On l'entend. À sa posture, Henni reconnaît le gros arbre penché qui indique l'endroit où la rivière part en s'arrondissant. Elle sait où elle est.

L'année dernière, malgré la rage de dents qui ce jour-là

lui vrillait la mâchoire, elle était venue ici même chercher des myrtilles et des champignons avec deux cousines éloignées. En route et pour faire son intéressante devant des filles plus grandes, elle s'était précipitée à cloche-pied sur le chemin de terre, les laissant à dix pas derrière elle. Zelda assurait qu'à cet exercice sa sœur était la plus forte et la plus rapide. Sous la plante de ses pieds elle ne sentait pas les cailloux, les épines ne perçaient pas sa corne. Lorsqu'elle s'était retournée, essoufflée, les autres la toisaient d'un drôle d'air. Qui joue encore à de tels jeux à son âge, avait d'abord ricané Esther.

Henni avait baissé les yeux. Au réveil, son père lui avait enroulé une bonne longueur de toile blanche autour de la tête pour essayer de soulager sa douleur aux dents, lui prenant la moitié de la figure dans l'ardeur de bien faire. Ce harnachement ridicule, elle le savait, la rendait plus petite encore et plus bête. Les filles Peker, comme les enfants des riches, portaient des chaussures en été et, dans les cheveux, de beaux rubans noués.

Et qu'est-ce qu'elle a, ta mère, s'était enhardie Golda en écrasant entre ses lèvres le début d'un sourire. On dit qu'elle reste assise à la maison toute l'année accablée, sans rien dire, sans rien faire pour vous remplir le ventre. Pas étonnant que tu sois aussi maigre. Même aux bains rituels on ne la voit jamais, Pessia. Elle se cache ? Elle a honte ? Qu'est-ce que tu lui as fait ? Qu'est-ce que vous avez fait ?

Et si c'est elle qui t'a bandé ainsi le crâne, c'est qu'elle a voulu t'étrangler, avait conclu la première avant de repartir en direction de la rivière. Les deux filles marchaient d'un bon pas en murmurant entre elles, s'esclaffant par saccades, sans plus se préoccuper de ce que faisait Henni.

Au retour, les sœurs Peker avaient fait la course en bondissant à pieds joints entre l'arbre penché et le premier tournant, et cette fois c'était si drôle qu'elles avaient pouffé sans pouvoir s'arrêter, laissant à Henni le soin de ramasser après elles le fruit distrait de leur cueillette. Une poignée de myrtilles écrasées, un champignon étincelant du passage récent des limaces et une fleur minuscule en haut d'une tige immense.

Ce que sur place elle avait trouvé dans son coin, elle, la petite Henni enturbannée de blanc, la fille aux pieds nus, c'était un caillou lisse et une corneille morte à laquelle il manquait le bec. Cet oiseau, elle s'était dit, ressemblait à Grand-mère allongée sur son lit. Grand-mère sans bec, Grand-mère qu'enfin on aurait fait taire. Grand-mère qui plus jamais n'aurait mal aux dents.

Pendant qu'Esther et Golda s'affairaient à l'écart sans prendre garde à elle, elle avait gratté le sol et creusé un semblant de trou avec ses ongles et un bâton. Elle y avait poussé l'oiseau avant de le recouvrir de terre, de mousses et de pierres, puis avait posé sur le dessus, en majesté, le joli caillou trouvé un peu plus tôt dans les eaux du ruisseau. Parfaitement rond et d'un blanc de lait.

Cet été-là, avant Avrom, elle aspirait de toutes ses forces à posséder quelque chose de vivant. C'était souvent un limaçon, un scarabée ou une mouche fatiguée gardés sous une tasse, une herbe ou une fleur discrètement repiquée dans la mauvaise terre qui bordait la maison. Une joie de quelques jours. La promesse d'un futur abandon.

Un hiver, dans l'une des ruelles qui donnaient sur la place du marché elle avait vu un oiseau blanc enfermé dans une cage fixée à un volet. À travers les barreaux la tourterelle recevait les premiers flocons du ciel et le vent. Pauvre, pauvre petite trembleuse. Henni aurait voulu la prendre et l'emporter chez elle, collée sur sa poitrine, elle aurait voulu la voler, la sauver, mais s'était contentée de lui parler pour la réchauffer avant de s'apercevoir que son propre corps commençait à geler. Les bras serrés autour des carottes qu'on l'avait envoyée chercher elle s'était enfuie en courant, effrayée par sa propre pensée.

Les autres, dirait-on, étaient toujours mieux lotis. Sa sœur avait déjà les bébés, Kreina Schifman possédait un lilas, planté devant sa porte et qui chaque année fleurissait comme un forcené. Pour Macha, on parlait d'un poisson mystérieux qui, voilà bien longtemps, approchait la surface et laissait voir, à peine la plus jeune des Briskine venait-elle lui rendre visite au bord de la rivière, son dos argenté et brillant, ses pupilles bleues cerclées de jaune, et même, parfois, une bouche sans dents qui s'ouvrait pour chanter. Je l'appelais, je tapais des pieds sur la terre, et le poisson venait, disait Macha, exaltée, arrondissant les lèvres comme si chaque mot était sucré.

Mais elle, Henni, c'était sûr, n'aurait jamais quelque chose de vivant rien qu'à elle. En ce temps-là il y avait eu l'oiseau mort, caché aujourd'hui quelque part par ici, sous la terre. Si elle y retournait, elle pourrait reprendre son caillou blanc de lait. Ça ne se fait pas, mais quand on y pense, ça n'était pas entièrement Grand-mère. Il manquait sa voix. Elle imagine la corneille d'autrefois, quand noire elle traversait le ciel, bijoutée d'un œil vif et de ses serres griffues.

En face de l'arbre penché, voilà, elle se souvient, se trouve aussi la maison des Reicher. Elle va le dire à Zelda.

Mais un bruit interrompt son élan. Il se passe quelque chose, là-bas, justement, vers le toit de bardeaux dont on distingue entre les branches un angle tapissé de neige.

Il y a des gens. Henni retient son souffle. Qu'est-ce que c'est, elle dit tout bas. Elles sont suffisamment proches pour espérer saisir de quoi il s'agit, et assez éloignées pour se tenir sauves, risquant un œil depuis l'abri formé par un monticule de pierres et de fumier. Elles sont enfin occupées d'un même spectacle, elles se retrouvent et Henni, appuyée contre le flanc de sa sœur, ne peut s'empêcher d'en être soulagée.

Un homme est là, à la porte de sa maison. Oui. La barbe très longue, la haute stature, la maigreur, le chapeau déformé sont reconnaissables entre tous.

Le vieux Reicher, dit Zelda à voix basse avant qu'on ait pu l'annoncer.

Une tête brune se découpe à la fenêtre du milieu, sans doute Bina, une joyeuse fille de l'âge de Lev, bavarde, friande de racontars. Une troupe s'avance vers la porte, quelques silhouettes s'accotent à la façade, on comprend aussitôt qu'il s'agit de bandits. Quant à Efrem Reicher, si raide et si osseux, on voit bien qu'il n'est pas tout à fait le vieil Efrem ordinaire. Il a lâché sa canne et le voilà qui saute d'un pied sur l'autre, oscillant, les bras levés. Les yeux d'Henni s'agrandissent d'étonnement.

Le père de Bina n'est jamais si étrange. Malgré la distance on le sent rempli de crainte à ras bord, et ce qui a fait sourire Henni au début n'est finalement pas si amusant. C'est comme pour le feu de l'écurie des Krotchak. C'est comme grandir.

Allons, chante plus fort ! crie l'un des hommes en russe. Zelda a compris les mots et les lui répète. Les bandits sont au nombre de sept, Henni les a comptés. Ce sont des soldats, sanglés dans un manteau d'uniforme qui doit leur tenir chaud.

Chante !

Les soldats s'esclaffent, et la bouche d'Efrem Reicher est un pauvre bourgeon dans l'hiver, hésitant à s'ouvrir. Henni tend l'oreille. Il chante. Sa voix flotte jusqu'à elles, jaune, inarticulée.

On ne connaît pas la chanson mais on la reconnaît quand même. Elle est *à nous*, pense Henni sans savoir ce que ça voudrait dire qu'elle ne le soit pas. Efrem-l'érudit vient d'être transformé devant elles en un petit enfant ignorant. Autour de lui les hommes rient de plus belle, marquant la cadence. L'un d'eux tombe assis dans la neige et peine à se relever. Plusieurs portent une arme et celui qui a parlé à l'instant en dirige le canon vers la tête du vieillard. Si celui-ci faiblit, il menace et les bras remontent, la ronde reprend.

Les vieilles gens ne doivent pas pleurer, pense Henni. Elles ne doivent pas recevoir d'ordres et encore moins y obéir. Si Efrem Reicher se met à pleurer, les images qui ont fait la foire dans sa tête pendant la nuit et ce matin surtout reprendront les rênes. Les vieux se plaignent ou récriminent, ils peuvent se mettre en rogne, sermonner, mais ils ne pleurent pas. Grand-mère, par exemple, n'a jamais pleuré. Même le jour, dit-on, où son mari est mort après avoir avalé de travers une arête de poisson, bien avant la naissance d'Henni.

Là-bas, Efrem continue à se balancer et chanter. Une ombre surgit par la porte entrouverte, s'échappe vers l'arrière et l'un des hommes se lance à sa poursuite. La poitrine d'Henni se resserre. C'est Khaya, la sœur de Bina, avec sa lèvre coupée au milieu. Elle court, son profil noir s'efface entre les troncs des arbres. L'espace d'un moment, on est Khaya qui court, dérapant dans la boue de neige, et ça coupe la respiration.

La chanson s'est interrompue, le vieux ouvre les bras et ses doigts écartés dessinent le bout des ailes d'un grand oiseau posé. Un vieux corbeau malade incapable de voler.

Zelda baisse la tête, souffle un torrent de buée.

On s'en va.

Et elle reprend son chemin penchée en avant, décochant au passage un coup sec sur une pierre avec sa chaussure noire. C'est un coup léger qui ne sert à rien qu'à essayer de se venger de ce qu'elle a vu à l'instant, semblable à celui lâché par Élie sur la carcasse brûlée de son cheval. Oui, cette masse hérissée de piquets était le cheval supplicié avec ses côtes noircies, on le comprend soudain. Chez le boucher rituel on a vu des bêtes mortes et les images remontent.

C'est loin ? demande Henni en se grattant la cuisse. Malgré l'arbre penché elle ne sait plus très bien où elles sont. La neige, comme l'obscurité, donne aux endroits familiers des figures ignorées.

Oui, dit le dos de Zelda. Ce n'est pas si loin mais ce sera loin quand même. On ne peut plus aller tout droit jusque chez nous, maintenant. Il va falloir ruser.

Elles rusent. Elles filent. Le vent a faibli. Elles courent et marchent et puis courent, de moins en moins de course et de plus en plus de marche à mesure que l'essoufflement leur vient à l'une et à l'autre. La voix fragile a disparu mais pas celles des soldats, dont les exclamations, les rires et, crevant le ciel blanc, un coup de feu unique, les accompagnent vers la forêt. Sous les sapins, la neige ne recouvre pas tout, on voit la terre autour des troncs, brune et morte d'aiguilles mortes.

En été, se dit Henni, c'est agréable de s'asseoir là, au frais dans l'odeur de résine. Alors qu'en hiver, l'idée que la chaleur du dehors a vraiment existé et pourrait revenir un jour est tout bonnement incroyable. C'est un mensonge. On n'y croit plus.

Ce à quoi elle croit dur comme fer, en revanche, c'est au père plongé dans ses livres de comptes. À la mère.

Aux bébés aussi, elle y croit, et pourtant dans sa tête le mot ne se dit pas. Elle voit seulement leurs visages tour à tour apeurés et rieurs, elle sent leur odeur, la densité mobile de leurs corps, l'avidité de leurs figures. Les bébés sont une colonie d'animaux vivant depuis toujours à l'intérieur d'elle, ou bien l'émanation de ses propres organes.

Plongée dans ses pensées au rythme de son pas, la tête basse, elle ne repère pas tout de suite les deux cavaliers sous les arbres lourds. Ils se dirigent de front dans leur direction. Il est trop tard pour bifurquer.

Zelda ralentit mais conserve sa route, c'est celle de leur maison après tout, se dit Henni. Sa sœur a raison. Même si ces hommes sont forts de leurs montures et portent chacun une arme, c'est leur chemin à elles aussi bien qu'à eux.

Quand ils sont à vingt pas, celui de gauche tire sur la bouche de son cheval et les apostrophe. Il leur pose une question. On devine que c'est une question. Elle est brève et pourtant Henni ne la comprend pas.

Elle sent qu'il faudrait répondre en choisissant entre deux solutions, mais ne saisit pas les mots de la fin. Zelda les comprend, elle, et sans hésiter elle répond.

Russes, elle dit.

Sa voix manque d'assurance, ça doit être à cause de la langue.

Nous sommes russes, elle dit encore une fois.

Henni a la bouche grande ouverte et surveille les yeux des chevaux.

Mais quoi, elle se dit en clignant des paupières. Quoi. Russes ou bien quoi.

17

Elle avait les bras vides alors elle est revenue. Elle trottinait sans faire de bruit entre les herbes et les épines, à l'affût, sans même renifler. Sûrement qu'elle n'avalait pas d'air. Lorsque au-devant les saules se sont enfin découpés dans le ciel, et la maison au loin, derrière, juste après celle de la veuve Straigorodski, elle s'est arrêtée.

On ne devinait rien au pied des arbres, là-bas. Il n'y avait rien. Simplement les taches éparses des fleurs jaunes qui ne bougeaient pas mais, comme elle, écoutaient et guettaient. Les chiens étaient partis. Ou ils s'étaient cachés. Elle a vérifié de tous les côtés. Ils étaient partis. Peut-être qu'ils n'étaient jamais venus. Ni eux ni le colporteur. Peut-être que Iossif dormait toujours bien droit dans son berceau sans un seul clignement, peut-être qu'il respirait.

Elle a senti, contre sa jambe et au fond de sa culotte, le mordant refroidi de sa propre urine. Non. Iossif ne dormait plus du tout dans son lit. Elle l'avait pris dans ses bras tout à l'heure et l'avait emporté, lui avait indiqué le bouquet de Kreina posé sur le buffet et ensuite les ennuis avaient commencé.

Un bruit d'eau est sorti de sa gorge. Ses joues se sont tordues. Dans ses oreilles, il y avait encore des lambeaux de chiens qui sautaient. Le cornichon malossol s'est retourné de tout son long dans son estomac. Elle n'en mangerait plus jamais.

Elle s'est avancée. Un pas après l'autre, chaque pas plus court et malaisé que le précédent. Son corps était griffé et battu de tous les côtés car elle n'était pas plus haute que les broussailles et les ronces qu'elle avait traversées.

Elle a fini par atteindre le bosquet de saules. La pie s'était envolée. Il n'y avait pas de nid. À quelques coudées, elle a vu dans les herbes le tas blanc glacé formé par les langes de Iossif, une butée de neige au milieu de l'été. Elle l'a vu sans pouvoir le voir. Elle ne pouvait plus avancer non plus. Elle ne pouvait rien. Et pourtant, elle est allée jusqu'à lui, va savoir comment, et elle l'a regardé. Une vapeur de moucherons crépitait juste au-dessus.

Iossif était allongé sur le ventre, la tête de travers, immobile. On ne voyait qu'un bout de sa figure, à cause des cheveux bouclés, des herbes et des fleurs bleues à cœur blanc qui l'engloutissaient.

Il n'était plus un enfant parfait. Elle n'était plus sa sœur, il n'était plus son bébé.

Elle a levé le menton. Les chiens ne revenaient pas. Un oiseau pâle a traversé le ciel. Elle a pensé à Lev qui avait dit *c'est ma sœur* comme s'il parlait de sa propre morve ou même pire et elle s'est demandé si, de Iossif allongé par terre elle pourrait dire *c'est mon frère* sur le même ton, avec le même dédain. Qui sait si ça ne lui ferait pas du bien, à elle. Si ce n'était pour ça qu'il l'avait dit, Lev, près de la rivière. Pour se rassurer.

C'est mon frère. Elle a essayé, dans sa tête, et ça ne venait pas.

Alors, d'un coup elle a attrapé et hissé le bébé dans ses bras. Iossif a poussé le cri ridicule des souris sous les toits. Ses joues étaient salies à cause de la terre, elle les voyait du dessus, roses, brunes. Elle a inspecté. Ses yeux étaient ouverts. Il n'y avait pas de sang. Iossif était redevenu un bébé. Il n'était plus le sien, non, ne le serait plus jamais, mais il était encore celui de Zelda. Il respirait. Il était son frère.

Elle n'avait pas encore atteint la maison quand elle a aperçu Macha sortir avec prudence du poulailler, un petit panier d'osier à la main. Macha faisait peur à cause de ce qu'on avait fait et dont il faudrait rendre compte, à cause de Iossif qui aurait pu mourir dévoré – dont une partie secrète, invisible, avait peut-être été dévorée –, mais on s'est approchée car on ne pouvait faire autrement pour atteindre la porte. La porte auprès de laquelle se tenait Macha était ce qu'à cet instant on visait plus que tout. On voulait franchir le seuil de cette porte avec le bébé dans les bras et ne plus jamais ressortir. On n'avait presque plus de forces.

Ah !

Macha a sursauté. Toi, elle a dit.

Elle est devenue rouge, comme si les yeux d'Henni avaient vu pour la première fois ce qu'ils voyaient depuis toujours à la sortie du poulailler. Toi. Te voilà. Je ne t'avais pas entendue.

Macha a examiné le bébé, qui était un bébé bancal, malpropre et morveux, brun et vert de la sève de la terre ou des herbes, pleurnichant doucement. Elle a remarqué les joues mouillées de l'aînée, son air égaré, ses bras égratignés, son nez rouge et bouffi.

Henni, elle, a jeté un œil dans le panier, elle a vu assez d'œufs pour faire un lekech énorme et deux poussins vivants juste sortis de leur coquille qui tanguaient sur le dessus. Macha avait calé sur le côté un petit melon qui, on en reconnaissait la forme ovale et les gerçures marquées pour l'avoir convoité avant elle, venait tout droit du jardin potager de la mère Straigorodski.

Macha et Henni, baignant chacune dans leur faute. Il faisait très chaud tout à coup.

Elles se sont toisées.

C'est rien, a fini par dire Macha à voix basse. Presque rien.

On ne savait pas à qui ni de quoi elle parlait et ça n'avait pas d'importance.

J'imagine que Pessia me donnerait les œufs, mais – et elle a hésité, soupiré – je ne sais pas, je ne peux pas m'empêcher.

Elle a posé avec précaution le panier près du banc et puis, Henni la première, elles sont entrées dans la maison fraîche.

Ni Zelda, ni les parents n'ont jamais rien su de cette histoire-là. Ni qui ni quoi. Personne sauf Iossif qui ne parlait alors que la langue des poules, et qui, lorsque les mots lui étaient venus, très, très longtemps après, avait dû oublier de la raconter. Personne sauf Lev, bien sûr, qui en savait un bout, mais ne savait pas tout.

18

Ensuite ça va vite, ça va beaucoup trop vite. Sur leurs chevaux aux crinières noires les cavaliers se mettent à ricaner, ils ont sûrement déjà croisé sur leur route des filles gelées courant à travers bois. Ils se sont préparés. Aux airs candides ils ont la riposte.

L'un des hommes est grand et ventru et l'autre efflanqué, plus petit que Lev s'il se juchait sur ce cheval, avec une tête de vieux brochet à barbiche. Ils s'approchent à vive allure parce que leurs chevaux ont de longues jambes puissantes et contre ça on ne pourra rien faire. Malgré leurs figures différentes, leurs deux rires sont semblables, qui se collent l'un à l'autre et se hissent sous les arbres comme des créatures de tonnerre. L'image de leurs moustaches claires au-dessus de leurs dents reste longtemps fixée sur la rétine d'Henni.

Ils sont là. Ils sont trop grands, trop hauts.

Zelda recule jusqu'à sentir contre elle les mains de sa sœur qui la cueillent. Elles sont ensemble, collées, elles sont redevenues deux cuillères et ça ne sert à rien.

Les hommes échangent de courtes phrases, ce qu'ils disent accroît encore leur hilarité alors ça ne les concerne sûrement pas, elles, les filles Sapojnik, ça leur nage au-dessus comme d'incompréhensibles nageoires de poisson sans poissons. L'un des hommes passe devant l'autre et serre ses bottes contre les flancs de sa monture, tire sur les rênes en se projetant en arrière pour que les sabots de son cheval s'élèvent à la hauteur de la figure de Zelda. Les yeux de cet animal sont des yeux de fou sortis de son corps.

Les deux filles jaillissent alors du chemin, Henni la première, qui détale entre les arbres, et Zelda à sa suite, moins rapide, gémissante.

Russes, elle dit encore, *russes*, et ce mot pleuré doit l'empêcher de prendre de la vitesse car entre elles deux l'écart se creuse. Dans leur dos, les cavaliers et même les chevaux sont terrassés de joie. Ils n'essaient pas vraiment de les suivre.

Elles courent. Soudain, Zelda oblique vers les vergers là-bas, on dirait qu'elle cherche à revenir en arrière tandis qu'Henni s'enfonce tout droit dans la forêt. C'est ce qu'elle veut sûrement, Zelda, revenir vers l'arbre penché, vers la briqueterie et au-delà retrouver la neige traversée de nuit, la maison, les édredons, les bébés, hier, avant-hier et tous les jours normaux.

C'est difficile à croire mais elles sont parties chacune dans une direction différente. Elles se sont séparées.

Si Henni continue devant elle, elle atteindra bientôt la rivière, trop froide pour être franchie lorsqu'elle n'est plus gelée. Trop froide et trop profonde. Zelda a dû penser à ça. La rivière comme une de ces barrières que seuls les poissons, les mouches, les oiseaux et les ours sont capables de traverser. La rivière qui, avec le printemps, sortira bientôt de son lit pour ne plus former qu'un grand lac incertain, piqué de buissons et d'arbres ahuris. Henni sait qu'elle a pris le mauvais chemin mais l'élan interdit à ses jambes de rectifier sa trajectoire. Elle y pense et c'est impossible, elle respire trop fort, elle est trop petite ou alors la force qui la pousse en avant est trop grande, elle n'entend plus rien, et si elle se jette ainsi vers l'eau, ça doit être pour échapper aux chevaux d'incendie.

Dans cette partie du bois, sous les sapins plus denses, la neige est moins épaisse, ici et là la terre dessine de larges plaques brunes qui rappellent les formes bizarres des pays du livre d'images. Sur ses hanches, le sac de Lev descend par saccades et ralentit sa course, quelle idée elle a eue, quelle idée, il ne l'a même pas réchauffée, ce sac, quelle idée et c'est encore et encore de la faute de Lev.

Mais si elle ralentit elle tiendra plus longtemps, elle courra mieux. Sur son passage des oiseaux cachés décampent en graillant, plus forts qu'elle avec leurs gros becs et leurs ailes batailleuses, bientôt elle ne pourra plus respirer. De lourdes gouttes froides lui tombent sur la tête et se faufilent dans son cou. Il y a trop d'air dans sa gorge, elle a mal là, juste au-dessus du ventre. Un paquet de neige s'écrase à côté d'elle, il l'a ratée ou bien l'a épargnée, on ne sait pas, elle trébuche dans les postillons minuscules de cette neige en colère tandis que le tissu autour d'elle s'ouvre et se détache et s'envole derrière elle telle une grande aile blanche.

C'est ça, sûrement, cette libération, qui imprime à sa course un sursaut fatal. Elle s'affale. C'est fini. Elle souffle tellement fort que les épines mortes des sapins lui entrent dans la bouche, dans les joues, dans les yeux avec leur grande odeur de forêt et d'eau oubliée, c'est fini, c'est fini. Les chevaux les chiens. Elle ne pourra plus jamais bouger, ni respirer ni voir. Elle plisse les paupières, referme les dents dans la terre. Et Zelda qui est partie loin, là-bas, c'est trop tard.

Mais au bout d'un moment dont il est difficile d'estimer la durée, à mesure que sans l'avoir décidé elle retrouve sa respiration ordinaire, Henni s'aperçoit qu'elle est toujours là. Ce n'est pas tout à fait fini.

Elle relève la tête, ses cheveux, sa figure, ses jambes sont simplement humides et froids. Elle est seule avec les sapins que la neige arrondit, l'humus d'aiguilles et de feuillage pourris.

Il y a la glace et le bruit de l'eau. C'est la rivière, qu'on ne voit pas mais qui salue. Henni l'écoute. Ce sont les gouttes qui abreuvent la terre. C'est la fonte. C'est le froid qui se retire dans un clapot mouillé.

Sur ses dents, un goût de sang. Elle a dû s'ouvrir la lèvre en tombant tout à l'heure, ce n'est pas grave lui dit le père à l'oreille, ça saigne et pourtant tu sais que ce n'est rien. Avalant le fumet rouillé de sa salive elle pense avec effroi à la bouche de Khaya, à jamais coupée au milieu, pile au niveau du nez. Lev a dit une fois qu'elle était cinglée, Khaya, seulement à cause de sa figure qui ne lui plaît pas, et à l'entendre ce jour-là on a su la difficulté des garçons à distinguer les choses vraiment importantes. Khaya Reicher est au contraire une fille incroyablement maline qui sait lire, tresser des ficelles et même compter jusqu'à l'infini.

Henni s'assied, aspire le sang dans sa bouche. Elle berce un instant l'image furtive d'un enfant dans ses bras. Elle inspecte autour d'elle.

Il n'y a plus de chevaux. Plus d'hommes, et plus de sœur. Elle est seule dans le bois, seule avec la rivière et le sang en ruisseau qui, sur sa langue, se mélange au goût de résine des aiguilles.

On n'est plus qu'une fille qui s'appelle Henni et on ne sait pas exactement ce que ça veut dire, comment on va s'en sortir avec ça puisqu'on n'aura rien d'autre.

19

Bien sûr, qu'on pense aux chiens. Tout est là pour qu'on y revienne, et que ça morde. Les deux hommes aboyeurs, la fratrie assaillie, la course aveugle à travers les grands ronciers sous les arbres. Le souffle perdu. Bien sûr.

En réalité, on ne sait pas combien d'années ça va prendre pour arrêter d'écouter les chiens.

Ce jour-là, l'histoire s'était bien finie. En partie grâce à Lev, qui sans le vouloir lui avait fait faire demi-tour avant qu'il ne soit trop tard et qu'épuisée, terrorisée, elle se soit perdue ou n'ait fini par disparaître encore plus loin, dans les marécages peuplés dit-on de démons. En partie grâce à Macha la chapardeuse, qui sans ajouter un mot avait refermé la porte derrière elles.

Lorsqu'elles étaient entrées à l'intérieur de la maison, miraculeusement rien n'y avait changé. Henni avait frissonné dans la tiédeur ombreuse de la pièce. Il y avait là l'odeur familière d'oignons rissolés et de linge humide. Dans les coins, les vieilles choses qu'on ne savait pas où ranger depuis la nuit des temps attendaient patiemment.

Les lilas piquaient toujours du nez sur le buffet haut. La table était propre. On n'en revenait pas.

Macha avait saisi Iossif dans ses bras plus solides. Elles avaient déshabillé le bébé ensemble, l'avaient débarbouillé et puis voilà. Iossif ne pleurait plus, il n'y pensait plus. Nul n'aboyait dehors. Rien n'était arrivé.

Les autres étaient rentrés aussitôt après. La porte s'était ouverte, ils étaient là tous les trois. Zelda avait placé son bébé au sein de la mère exténuée de l'expédition, et c'était encore plus fini.

Curieusement, le soir venu, lorsqu'il était rentré Lev n'avait pas dit mot de leur petite rencontre. Il faut croire qu'il n'avait rien à faire lui non plus près de la rivière en plein après-midi.

Tout s'était donc parfaitement terminé pour Henni, oui, sauf les chiens lui galopant depuis à l'infini dans le ventre.

Aujourd'hui, les choses sont différentes. Il y a le voile à l'intérieur du crâne qui empêche de penser, et qui gêne, et qui pèse. Par moments, ce voile ordonne de rester sans bouger, plus vide que la théière avant l'heure du coucher, il entrave bras et jambes. C'est son système à lui. Le jour des chiens est passé, se dit Henni, mais voilà qu'est venu le danger des hommes. On a grandi mais on ne sait pas tout. Ce qui se cache. Ce que ça veut dire. Ce qui se trame ailleurs. *Ce qui s'est passé.*

Elle voudrait réfléchir et ses yeux l'embarrassent. Entre les cimes des arbres, la forme là-haut qui se découpe est celle d'un poisson dont le corps tordu voudrait s'élancer dans les épaisseurs blanches du ciel. Il doit y en avoir d'autres, devine-t-elle, un clapotis laiteux de carpes et de ces épinoches qui, l'année précédente, avaient blessé la main de Lev qui venait d'en pêcher une petite. Un ciel de poissons affolés, une boue de terre ardente.

Elle se torche le nez du bout des doigts pour mieux sentir les odeurs, et pour mieux écouter, pour mieux voir. Les seuls animaux en vie dans le bois sont des oiseaux lointains. Les seules choses sont des gouttes, sont l'eau de la rivière, sont le vent faibli qui fait bourdonner les branches et tomber sur ses joues de grosses larmes au goût vert. Plus de chiens. Plus d'aboiements, de hennissements, de crépitements. Plus de dents. Plus de feu. Mais la forêt. La grande, la très grande forêt. Un nombre inconnu de mouches ou de punaises, d'araignées engourdies par le froid derrière les écorces.

On a perdu les jours et les heures et le sentiment de ce qu'il faut faire. Est-ce qu'on devrait d'abord prier. Est-ce que shabbat approche. Est-ce qu'il faut commencer à en préparer les repas. Est-ce qu'on allumera bientôt les lumières avec la mère et la sœur. Tout est flou.

Elle se lève et s'ébroue, les chevaux ne sont plus là. Elle retire non sans peine son horrible culotte mouillée et la jette au loin, c'est-à-dire pas si loin, enfin moins qu'on voudrait.

Les gouttelettes qui perlent au bout des rameaux sont difficiles à attraper, alors elle tète une pincée de neige sur sa paume. Si elle marchait vers l'eau là-bas, s'ouvrirait devant elle quelque chose qui va, s'en va à mille verstes d'ici sans jamais se décourager.

Elle n'ose pas s'approcher, les berges sont fragiles, même Lev le lui a dit. Attention. Tu pourrais glisser et puis mourir sous l'eau. Elle pense au lac et à son sirop noir. Dressée sur la pointe des pieds, elle se contente d'ouvrir grand la bouche pour aspirer à longs traits l'image de la rivière qui, elle, est vivante. Le courant gonfle dru sur sa langue, il désaltère un peu.

Zelda, elle dit pour que ce nom résonne à nouveau sous le ciel, et un sanglot lui vient.

Ne marche pas dans d'autres pas que les miens, lui a dit sa sœur tout à l'heure. Et maintenant, leurs pas, leurs yeux sont décrochés les uns des autres. On ne peut pas y croire.

On n'a plus que ses propres pas, c'est tout ce qu'on a, un pied après l'autre et encore après l'autre avec une infinie précaution, comme si on pouvait tomber et perdre à tout jamais sa route, comme si on marchait sur un fil.

Et c'est ce qu'on fait. On marche sur le fil à l'autre bout duquel il y a les bras de Zelda.

20

Dépêche-toi. Les cavaliers n'ont pas dû beaucoup s'éloigner. Ils rôdent encore dans les parages. À tout instant, ils peuvent surgir. Eux, ou ceux qu'on n'a pas encore rencontrés.

Le soleil des premières heures du matin a été aspiré par le ciel, sourd, sans chemin. Sans début et sans fin. Les pieds sont lourds à soulever. Par éclairs, elle croit distinguer la masse blanche des langes de Iossif gisant près des saules au milieu des fleurs jaunes et bleues, mais ce n'est que la neige qui forme çà et là des plaques immaculées que le dégel peine à percer. Elle caresse le doigt de Iossif qui est l'avant dernier à droite, elle ne sent rien, sa peau ne veut pas d'elle.

À un moment, on bifurquera pour se diriger au jugé vers la briqueterie puisque c'est là que semblait vouloir se réfugier sa sœur. Puisqu'elles sont séparées. En attendant il faut continuer à appeler en remontant la piste. Elle n'ose hausser le ton de crainte de se faire repérer. Il faut appeler sans crier. Crier en chuchotant. Elle fredonne Zelda, Zelda, et ça sert aussi à rythmer la marche. À force d'être répétés les mots ne veulent plus rien dire. Deux syllabes mises bout à bout et encore bout à bout ne donnent rien qu'une interminable ceinture à laisser traîner derrière soi.

Elle revoit sa sœur assise sous la fenêtre de leur maison et elle entend sa voix lancer une devinette parmi leurs préférées. *Une jeune fille a sept robes les unes portées sur les autres. Celui qui les lui enlèvera pleurera en ôtant la dernière. Qui est la jeune fille ?*

Elle se souvient qu'elles souriaient et frissonnaient en essayant d'imaginer leur propre corps offert aux mains du déshabilleur. Quelles drôles d'idées elles avaient, alors que le ventre plein elles étaient assises dans des vêtements secs, et qu'elles avaient chaud, et qu'autour d'elles tout était en place.

Ce qu'elle aimerait à cette minute, c'est faire rissoler la jeune fille dans un poêlon graissé avec des foies de volaille hachés ou de la peau d'oie croustillante, ou bien que sept robes portées les unes sur les autres lui mettent au moins un semblant de chaud sur le dos.

Et puis voilà l'arbre incliné. La maison Reicher est juste à côté, on la sent même si on ne la voit pas, enfin on croit qu'elle est là, prête à dépêcher ses soldats dans toutes les directions. Mais il n'y a plus de chansons, plus un bruit. Peut-être plus de Reicher.

C'est difficile de dire avec précision où Zelda et elle se sont séparées tout à l'heure, alors elle va partir d'ici, lâcher l'arbre repère. Elle prend à droite, cheminant courbée sous la pluie du dégel. Ses bras sont gourds. Grand-mère devait marcher ainsi, ses longues ailes noires traînant de chaque côté. Elle ramasse deux bâtons qu'elle tire derrière elle pour marquer les sillons.

Henni ! Accours ici ! Viens voir, ordonne la voix de pie de Grand-mère. Henni lâche les bâtons et Grand-mère s'envole sans demander son reste.

Elle repense à la nuit dernière dans la briqueterie. Elle se sentait si malheureuse, là-bas, si perdue, si morveuse, pauvre, pauvre petite Henni sous sa couverture en mouton. Comme elle aimerait maintenant y revenir. Deux cuillères rangées l'une dans l'autre, les cheveux de Zelda, Lev reniflant à côté, un toit au-dessus de la tête et la ville entière du bon rat sur le toit.

Elle progresse ainsi une heure, elle ne sait pas ce que c'est qu'une heure mais il lui semble avoir couvert une considérable distance, au hasard et peut-être pas. Elle ne marche pas droit. En zigzag avait dit Zelda. La piste est brouillée ou ce sont ses yeux sous ses paupières brûlées qui ne veulent plus rien voir. Il y avait un chemin, il n'y en a plus mais des trouées entre les arbres et de brusques rafales qui dévient tout le corps. Qui punissent. Le courage lui manque, ses chaussettes sont trempées, elle a mal partout.

Un jour, Kreina Schifman lui a donné une astuce. Le matin, il fallait glisser des pois secs dans ses chaussures avant de les enfiler pour, s'en débarrassant quelques heures plus tard, goûter au plein bonheur de marcher sans la moindre gêne. Essaie, avait dit Kreina en sortant de sa bouche une langue moirée de salive. C'est peut-être une bonne tactique, mais pour commencer on n'a pas la force de retirer ses bottines, et si on était en possession d'une poignée de pois on essaierait plutôt de les faire rouler sous ses dents pour tromper sa faim.

À proximité de trois troncs affaissés en étoile elle tombe sur une série d'empreintes profondes laissées par des pieds de chevaux. Leur puissance musculeuse résonne encore dans l'air. On dirait que les cavaliers ont fait tournoyer leurs montures, ou bien ont tiré sur leurs bouches pour les mettre à piétiner debout comme des hommes affolés. Le sol est là mordu, la neige déchirée. On sent dans le ventre la douleur de la terre. On en entend l'écho.

Il doit y avoir, prisonniers sous les traces, des lambeaux des sœurs arrachées l'une à l'autre. Henni les cherche du coin de l'œil avant de s'éloigner, la mâchoire affaissée. Puis elle reprend son allure, plus laborieuse encore, hésitante. Elle traverse le ruisseau en sautant lourdement sur des pierres. Zelda, dit-elle en claquant des dents à chaque pas. Elle essaie de souffler le mot de Zelda de la même façon qu'à une oreille minuscule elle a soufflé tant de surnoms, il n'y a pas si longtemps mais on ne sait plus quand. Les petits noms. Elle y pense et elle ne pense à rien, oubliant de contrôler si celle qu'elle cherche ne serait pas tapie là, ou ici, sous cet arbre, à l'attendre. Ça n'a pas d'importance. Zelda saura qu'on l'a trouvée bien avant qu'on le sache. Henni ! criera le souffle chaud de sa voix. Et alors, et alors, ses bras, son cou. Zelda.

Au loin, quelqu'un surgit là-bas qui n'est pas sa sœur. C'est un homme vêtu d'un long caftan qui court sans la remarquer, bientôt s'est envolé. Elle n'a pas pu voir l'expression de son visage et pourtant elle sait qu'il n'est pas un brigand.

Il est d'une autre famille. Il est quelqu'un qui s'enfuit.

Qui sait à qui il pouvait bien vouloir échapper. Pas à elle en tout cas. Henni n'est presque rien.

Elle pénètre dans le verger. Enfin, à un moment elle s'aperçoit qu'elle y est à cause des branches qui s'entrecroisent au-dessus de sa tête, quasi nues tant la neige a fondu ou a fini par être emportée par le vent. Elle s'accroupit et urine au milieu d'une allée avec un semblant de victoire, et lorsqu'elle se relève, cherchant la direction à prendre, ses narines se remplissent d'une fine épaisseur de fumée. La maison isolée ne doit plus être loin. C'est là qu'elle doit aller. Il y a le feu, la chaleur du feu, et surtout il y a une maison. Des murs, un abri. De la nourriture à trouver. De riches provisions.

Au moins un reste oublié.

Un chat passe, dans sa route à lui. Si elle avait des forces, elle le suivrait, les chats l'intriguent. Elle n'en a pas, des forces, aussi ne fait-elle qu'épier le corps roux et mince filant de pommier en pommier.

Sur les pommiers, il y a des pommes, elle y pense soudain, levant les yeux vers les branches. Et en effet, là-bas en voilà une que les cueilleurs ont oubliée, ou qui leur a échappé en s'enveloppant d'un feuillage aujourd'hui disparu. Les pommes, qui sait, sont peut-être plus rusées qu'on croit. Celle-ci est brune et ratatinée, pas plus grosse qu'une noix et de toute façon trop haute pour être attrapée.

Une pomme morte. Rusée, mais morte quand même. Henni soupire, s'essuie le nez sur sa manche avant de reprendre sa marche.

Et soudain, il se passe autre chose. Elle s'arrête. Elle regarde. Elle écoute. Il y a dans l'air une présence nouvelle qui prend le pas sur le reste.

Soudain, il y a l'oiseau.

21

Au début, on a trouvé l'endroit mais on ne sait pas ce que c'est. Sans doute rien qu'un tas de vieilles frusques ou de couvertures abandonnées au pied d'une resserre à outils, prêtes à être brûlées car grouillant de vermine, de vieillerie, de vilaines histoires ou va savoir quoi. Hormis l'appel de l'oiseau et malgré le dégoût, c'est la perspective de pouvoir ajouter à ses propres vêtements une couche supplémentaire qui pousse d'abord Henni à s'en approcher. *Une jeune fille a sept robes les unes portées sur les autres.*

L'oiseau s'est tu. Elle en guette un instant la plainte, et puis elle entend. C'est autre chose de plus léger qui filtre à présent des tissus, telle une buée qui serait timide. C'est comme le bruit que feraient des cailloux ronds qu'on frotterait entre les paumes des mains. De surprise, Henni fait un pas en arrière, et puis, parce que la forme est inerte et que le chuchotis, après une brève interruption, a repris son fredon, elle s'avance. C'est doux, là-dessous, elle se dit. C'est triste et c'est doux. C'est abrité du vent. Elle a besoin de ça à ce moment-là, d'un abri triste et doux, alors elle s'avance.

Tu es tellement curieuse, lui dit souvent Lev. Ça portera malheur.

Ça n'est pas vrai, ce qu'il dit, mais elle hésite avant de porter au tas noir un coup bref du bout de sa chaussure. Hé, elle dit. Hé.

Il n'y a pas de réponse. Le chant se poursuit sans le moindre hoquet, rythmé d'un pépiement de moineau.

C'est seulement aplatie sur le sol et se contorsionnant qu'on est en mesure d'apercevoir la tête, par en dessous. Lorsqu'on est debout elle est invisible, ensevelie sous plusieurs épaisseurs de châles alourdis par l'humidité. Henni s'est accroupie, elle a posé un coude à terre et alors elle la voit.

Elle voit les yeux minuscules dont l'un déborde de lait et l'autre est figé comme s'il était ailleurs, enfoncé dans les profondeurs. Elle voit la mèche de cheveux blancs qui suit la courbe du nez et barre la figure en deux.

C'est une très vieille femme qui est venue s'échouer ici, encore plus vieille que la grand-mère au bout de ses jours et presque aussi morte. De l'épaisseur des étoffes monte l'odeur triste des vieux, enfin celle des vieillards ou des malades qu'on a pu approcher, à la fois dégoûtante et bonne.

Au début, la vieille effraie, mais à mesure que le ruban du murmure se dénoue, filant d'un ton égal, Henni se rassure et s'incline à nouveau au ras de la terre. L'autre a fermé les paupières en signe de paix, et de sa bouche plissée sourd de nouveau le chant léger, le roucoulement de tourterelle, la récitation des psaumes, on ne sait pas. On écoute. On s'assied. On se cale. Il fait moins froid ici. Dormir repue et pas toute seule, voilà ce qu'on voudrait. On sent qu'on va pleurer. On bâille et bâille encore. On est si fatiguée.

Ça dure un moment, pas une heure mais pas loin, ponctuée des drôles de soupirs d'oiseau qui se mettent en éclats dans le chant de la vieille. Ça dure le temps que ça dure pour reprendre un semblant de forces. À la fin, comme Henni fait mine de se relever, la vieille lance une patte et attrape ce qu'elle peut de la visiteuse, le genou, le mollet glissant sous la robe. Attends. C'est ce qu'elle lui dit. C'est le premier mot.

Attends.

Ensuite, un pan de noir se soulève, aussi lent à s'ouvrir que le rond du soleil à quitter l'horizon derrière le bouquet de saules au matin. Attends.

Alors Henni patiente, elle regarde et dedans, tout au fond, enfin, il y a l'oiseau.

Prends-la, dit la vieille.

Et elle commence à parler tandis qu'on regarde l'oiseau. Sa voix est maigre, opaque, elle ne s'arrête pas. Elle dit qu'ils l'ont pourchassée, battue, blessée, qu'ils l'ont d'abord forcée à cracher, à cracher *dessus*, elle ne dit pas sur qui ou sur quoi, pourquoi ou pourqui, elle ne dit pas de qui elle parle elle dit qu'elle va mourir ici, elle dit aussi ô mon Ita, ce qu'ils lui ont fait, le vilain son de sa voix s'englue dans les châles et de toute façon Henni ne comprend rien car tout au fond il y a l'oiseau.

Prends-la, redit la vieille en dépliant ses doigts. Et d'un coup d'épaule elle réveille l'enfant endormie contre elle. Une paire de feux couvés clignote dans son creux. Prends-la, elle.

La vieille tend son vieux bras, elle la touche.

Ha ! Henni miaule comme si elle s'était brûlée en frôlant le fourneau. Elle détourne la tête. Elle s'écarte.

Je n'ai plus que toi, glapit la vieille en essayant de la retenir.

Les ongles de corbeau s'agrippent à sa manche mais Henni est plus forte et plus vive, elle se cabre, se délivre, se relève. Elle s'enfuit en se bouchant les oreilles.

Prends-la !

Le cri fend le verger en deux. La vieille pleure encore loin derrière et on l'entend sans le vouloir en cavalant le long des pommiers, les bras ouverts, les yeux écarquillés.

22

Henni louvoie d'abord entre les arbres d'un trot égaré puis galope de plus en plus vite en direction de la cour où brûlaient les chaises. Ses pieds ripent sur la pente légère, elle s'en va. Ho, dit sa bouche affolée. Ho.

Elle file au bout des allées du verger, soufflant pour chasser le fumet griffu de la vieille et ce qu'elle a vu sous son bras. Prends-la.

Non. Elle ne la prend pas.

À la place, l'odeur de brûlé l'envahit, entêtante et sûre, et bientôt elle est arrivée.

Le feu s'est écroulé sur lui-même après avoir craché aux quatre coins des épines de charbon, ravalant ses flammes. Au milieu, le tas de cendres grises libère de longs tortillons de fumée dont le ciel semble fait. C'est un puits d'où sortiraient les nuages. Une fois dans la cour, Henni le contourne et sans attendre entre dans la maison par la porte laissée ouverte.

Il faut un peu de temps pour reprendre son souffle et chasser les images et les mots. Après avoir refermé le battant derrière elle, elle s'accroupit sous une table dans la première salle et elle prend ce temps-là. Le rythme apaisant de sa respiration revient. Sa lèvre blessée a l'air d'être guérie, le goût de sang a disparu. On n'entend d'autre bruit que le vent qui agite un volet quelque part.

Elle suit des yeux les traces que les pieds de la table ont ouvertes sur le sol lorsqu'on l'a poussée de force à travers la pièce. Il ne faut pas traîner, il faut soulever, aurait dit le père. C'est le système. Mais eux, va savoir qui, l'ont traînée ou bien poussée sans ménagement, et la table lourde est même venue heurter le mur du fond par un angle. Une casserole de chou cuit a roulé par-dessous, répandant son contenu sur la terre battue qui a fini par en absorber tout le jus. Les côtes blanchâtres sont juste là. Elle n'hésite pas longtemps à tendre le bras pour en détacher une première, entre le pouce et l'index, entre Henni et Iossif, pour goûter. Elle a tellement faim. C'est ce qu'elle se dit pour se pardonner à l'avance l'appétit qu'elle a de la nourriture des autres. J'ai tellement faim, elle dit tout bas. Je goûte juste un petit peu, elle dit.

Elle pense à Macha, qui ne peut pas s'empêcher. On est Macha pour un instant. On ne peut pas s'empêcher. On a tellement tellement tellement faim.

Le chou est glacé, poudreux, pas vraiment assez cuit, son goût est légèrement acide. La fermentation a déjà commencé. Vérifie s'il y a pas des bêtes, dirait Kolia, méfiant. Elle grimace et puis sans rien vérifier elle avale tout jusqu'au dernier morceau.

Ici, il ne fait pas aussi chaud que chez eux, à cause de la porte ouverte depuis plusieurs heures et du fourneau éteint, mais l'air est plus tranquille qu'à l'extérieur. En revenant sous la peau des mains, du nez et des pieds, la tiédeur pince fort. Laisse-la entrer sans résister, dit Zelda, laisse-la sinon elle te mordra.

On ne sait plus pourquoi on est là ni comment on est arrivée. Si on essaie trop de savoir, il faudra retrouver dans sa tête les yeux et la voix de la vieille dessous les couvertures, il faudra réécouter l'oiseau. Et peut-être le reste.

Le volet bat, elle sursaute. Elle inspecte ses ongles. Ils sont sales, noirs de terre et, pour certains, blancs de chou à la lisière. L'ongle de Zelda est cassé, celui du père aussi. Elle mordille ses doigts pour égaliser ces deux-là et pour nettoyer les autres, le goût de sa propre crasse est aussi bon que celui de son sang. La mère et Kreina Schifman ont toujours les ongles impeccables, on l'a remarqué. On ne sait pas comment elles font. Ça semble impossible.

On dirait que ceux des meubles qui sont restés ici ont éternué leur contenu autour d'eux. La figure ahurie de cette pièce inconnue, ce qu'elle raconte avec ces choses lancées, ses coussins éventrés, sa fenêtre aux bois défoncés, lui est pourtant familière. Ça doit être pour ça qu'elle est entrée ici. Pour s'en souvenir.

Elle se remet debout et ouvre une armoire à la recherche de sucre ou de pain, de n'importe quoi, mais il n'y a là que des chandelles nouées entre elles par une cordelette posées sur l'étagère du haut, et une odeur qui n'est pas la sienne, qui n'est pas celle de la maison où vivent les Sapojnik. Elle essaie de se rappeler si elle l'a déjà reniflée, cette odeur, chez d'autres gens, si elle est capable de la rattacher à un événement ordinaire, auquel sans y songer elle aurait survécu. Rien ne lui vient. Le bas du placard est vaste et vide, comme si on en avait arraché les viscères. Il sent le champignon. Les épices sucrées et le champignon. Elle se penche pour mieux voir, devaient se cacher là il n'y a pas si longtemps un grand pot de biscuits ou de raisins secs, des harengs ou une rangée de pommes posées sur une clayette, ou bien des fruits séchés. Elle a beaucoup d'idées.

Elle entre dans l'armoire, s'y assied, et avec précaution en referme la porte. Elle se roule en boule sous la dernière étagère et tous les doigts de la famille sont au cœur de cette boule dans le noir odorant. Elle n'est pas seule. Il suffit de dire le nom de chacun dans sa tête.

Elle pose le front sur ses genoux, ça sent l'urine d'hier qui n'a pas fini de sécher, mais en cherchant le plus fort du monde ça sent aussi quelque chose qu'elle connaît. Il en reste un lambeau.

Henni. Ça sent Henni et son bébé. Elle ferme les yeux et tout disparaît.

23

Quand elle se réveille, il y a du bruit dans la pièce voisine, il y a quelqu'un qui bouge.

Encore poissée de sommeil on l'entendait depuis une minute, sans s'alerter, comme si c'était son propre cœur qui s'était faufilé en secret à l'extérieur de l'armoire, à battre ici et là pour se montrer vivant. Rien de plus.

Mais ça n'est pas ça.

Il y a quelqu'un qui bouge. Blottie sous l'étagère, elle laisse vibrer ces mots dans son crâne, tâchant de ne pas respirer. Quelqui ou quelqu'un se remue, là-bas. Elle se raidit. Tâchant d'arrêter son sang. Tâchant de ne pas se mettre à tousser ou ressentir l'impérieux besoin de se gratter. Il suffit souvent de penser à ce qu'il ne faut pas faire, dit Macha, pour en avoir une irrépressible envie, et on veut bien la croire.

Le bruit campe dans la pièce d'à côté mais bientôt, quelqu'un ou quelquedeux va s'avancer par ici. C'est sûr. C'est forcé. Elle avait bien vu pourtant cette porte à droite en entrant, une porte basse en bois foncé, elle n'a pas pensé à vérifier ce qui se tramait de l'autre côté. Cequi ou cequoi.

Arrête avec ces histoires, ces formules idiotes, dit son frère. Arrête.

Quelqu'un. Elle se demande s'il s'agit d'une personne qui s'asseyait sur les chaises avant qu'on les jette au feu, c'est-à-dire par exemple une femme ou un enfant de ce foyer, un poursuivi comme elle, ou un chat, le chat des pommiers, pourquoi pas, il paraît que les chats dans les maisons font du bruit, parfois. Elle ne peut s'empêcher aussi de se demander si c'est un brigand, un soldat. Elle sait que c'est ça. Oui. Un soldat, un brigand.

Elle écoute avec sa tête en entier, avec ses oreilles et ses yeux, avec son dos aussi, ses bras, pour comprendre sans voir. Concentre-toi plus loin encore, dit le père. Essaie. Applique-toi le plus fort du monde. C'est le système. Oublie le filament de chou coincé entre tes dents et le ballonnement de ton ventre. Le sang qui continue, malgré ce qu'on croyait, à venir sur ta lèvre. Oublie l'odeur de champignon. La sensation bizarre de se trouver sans culotte à l'intérieur d'une armoire à l'intérieur d'une maison étrangère et vide. Presque vide. Vois ce que tu peux voir à travers le bois de la porte. Oublie le reste. Écoute.

Elle tire sur ses chaussettes jusqu'à ce que la boule au bout de ses pieds s'évanouisse. L'odeur et l'obscurité sont de plus en plus fortes.

On guette. Les bruits s'arrêtent d'un coup, on ne sait pas pourquoi. On les a tenus à distance. Un léger soupir tourbillonne dans l'armoire. C'est le silence, c'est un morceau de répit. On s'est peut-être trompée. Il n'y a jamais eu de quelqui.

Malgré les consignes du père elle pense à autre chose pour s'aider à attendre avant d'en avoir le cœur net. Les champignons, par exemple, ne sont pas de méchantes créatures. À moins qu'on les mange. Une personne est morte jadis d'en avoir avalé, a-t-on imprudemment raconté devant elle. Qui ? avait demandé Iossif qui était là aussi. Qui est morte ? La grand-mère de Kreina Schifman se promenant dans les bois était la réponse.

Enfin on croit, on ne se souvient pas bien. Pourquoi pas elle, après tout, qui est morte à coup sûr aujourd'hui. Toutes les grands-mères de Kreina sont des dames devenues mortes, il paraît, que la paix soit sur elles.

Elle la voit. Cette vieille-ci est plus grande et replète que leur propre grand-mère, elle ressemble en réalité à la mère sauf qu'elle déambule sous les arbres. Elle porte un fichu vert à fines rayures bleu pâle, un anneau en forme de fleurs minuscules sur un doigt qui n'a pas de nom. La peau de ses joues est rose, molle et douce comme un vieux tissu. À la base de son nez, il y a cette chose brune en forme de noyau, exactement comme chez Kreina sa petite-fille mais sur l'autre profil.

Elle voit cette dame fureter sur les berges de la rivière avec d'autres grand-mères inconnues, et découvrir par hasard la tombe de l'oiseau corneille.

Juste à côté du caillou blanc de lait qu'Henni a déposé l'année dernière, un magnifique champignon se met à l'instant à pousser. Il grandit à vue d'œil. Fascinée, la vieille dame tend la main, attrape le chapeau, le détache et le fourre tout cru dans sa bouche. On ne voit pas ce qui se passe après.

C'est une longue image que celle-là, un rêve de nuit qui naîtrait le jour, et si elle est venue si vraie dans sa tête c'est à cause de l'odeur de moisi dans l'armoire. L'image finit malgré tout par se dissiper, la grand-mère de Kreina Schifman n'a sans doute jamais existé.

Un brigand, réfléchit-elle ensuite, ne resterait pas seul dans une maison inconnue. Les brigands, les soldats vont par paire ou même pire. Ils ne s'attardent pas, ils ont à faire ailleurs. Ils ne tournent pas en rond dans une vieille bicoque comme celle-ci. Ils mugissent. Ils cassent. Ils jettent. Ils hennissent, ils aboient. Ils tirent avec leurs fusils, font briller leurs sabres. Ils sont les maîtres. Celui-ci ne fait que se déplacer par à-coups, comme si en marmonnant il inspectait les lieux.

Le bruit reprend, léger.

Il n'est peut-être pas méchant. Si on ne l'écoutait pas, celui-là, il n'existerait pas.

Et si c'était plutôt la vieille de tout à l'heure, tirée de ses couvertures et glissée miraculeusement à l'intérieur d'ici par une entrée secrète, ça ne serait pas une si mauvaise affaire, car on connaît la vieille. Elle n'a pas beaucoup de forces. Elle va bientôt s'éteindre comme s'éteindrait l'une des chandelles rangées sur l'étagère là-haut si on l'avait allumée en entrant dans l'armoire. Il suffirait de souffler dessus. Elle place sa paume devant sa bouche, titille du bout de sa langue une incisive qui commence à bouger et soupire sur la vieille.

Continue à penser à autre chose qu'à la peur, elle se dit. Fais comme avec le froid. Ne la laisse pas entrer.

Elle tend l'oreille pour chercher l'oiseau. Si la vieille est revenue, elle l'a pris avec elle. Peu importe comment, mais elle aura réussi à le transporter, c'est certain. Elle aura usé pour lui jusqu'à ses dernières forces. Prends l'oiseau, répète faiblement la voix de la vieille.

Ce ne pouvait pas être à Henni qu'elle parlait tout à l'heure. Personne, aucun adulte en tout cas, ne lui parle comme ça.

Je n'ai plus que toi, pourtant, avait-elle dit. Prends-la.

On ne comprend pas.

Ses fesses la démangent à cause de sa jupe humide et elle sent dans sa poche un objet qui la gêne. Si elle y envoyait sa main droite, tous les enfants Sapojnik sauf Lev iraient récupérer le couteau ramassé à la briqueterie. Et si ensuite quelqu'un ouvrait la porte pour l'attaquer, elle pourrait se défendre. Ils pourraient la défendre. Mais ses doigts sont si paresseux. Ils ne bougent pas.

On ignore, de toute façon, comment tenir un couteau lorsqu'on a décidé de frapper une personne avec. Quel geste adopter. À quel endroit viser. On n'a jamais essayé. On n'a jamais tranché que des concombres et des échalotes.

Elle s'efforce de voir ce que ça ferait, tchac, tchac, et c'est trop difficile. Lev saurait, mais elle, non. Elle ne sait rien faire.

Le bruit se rapproche. L'intrus est maintenant tout proche, il est dans cette pièce. Henni se contracte. C'est bien trop tard pour le couteau, trop tard pour se tortiller et risquer de heurter le bois de la porte en voulant le tirer de sa poche.

L'effroi vient, il ouvre une gueule de chien. Il fait des pas à l'intérieur d'elle. Des gros pas noirs. Des sauts. Il se cabre. L'image de l'étagère à thé apparaît juste après. Un cri, une fumée, un bruit incompréhensible et mou sur la paroi de planches. Les petits noms d'Avrom qui bruissent tout autour, comme un tourbillon de mouches lumineuses.

Ne pisse pas, elle se dit, ne pisse plus, plus jamais. Attends, elle dit à son sang dans son cou. Attends. Ne bats pas, elle dit à son cœur. Concentre-toi, dit le père. Concentre-toi le plus fort du monde. Mets-toi là, je me mettrai au-devant, dit Zelda, et sa voix est une bouchée de sel.

De l'autre côté, quelqu'un heurte et soulève des affaires sans se dépêcher, ouvre un tiroir. Quelqu'un fouille. On dirait qu'il chique. Puis renifle. Ce quelqu'un n'est pas pressé. Mais il s'approche. Il sait qu'elle est là. Et quand il finit par ouvrir en grand la porte de l'armoire, c'est lui, debout, c'est lui et ses yeux ronds qui n'en reviennent pas de la trouver ici.

24

Sans même avoir cherché il avait trouvé un reste de viande séchée très dure enroulée dans du papier gras. Depuis, errant dans la maison, il la mâchonnait doucement, aspirant à longs traits sa salive parfumée.

Non. Il ne l'a pas entendue arriver tout à l'heure.

Prends, il dit en lui tendant la viande luisante, et cette fois elle prend. Que Lev accepte de partager son butin prouve que tout n'est pas redevenu normal. Il doit croire qu'avec des petites dents de huit ans dont l'une bouge il sera impossible à sa sœur d'en entamer la chair coriace, et puisqu'il a raison Henni se décide enfin à tirer le couteau de sa poche. La viande sent fort, elle a l'air pénible à mâcher mais elle donne faim quand même. À force d'obstination, elle réussit à en détacher un copeau. La portion de lame qui tient encore sur le manche du couteau est courte mais bien affûtée.

Elle laisse une marque dans le bois de la table mais ça n'est pas grave, on se dit. Il y a des traces partout, ici, et certaines plus mauvaises.

Intéressé, Lev lui arrache le couteau des mains et débite en deux temps trois mouvements le reste de bœuf séché.

Tandis qu'elle parle, il enfourne les tranches les unes après les autres dans sa bouche et les mastique avec bruit sans plus lui en proposer. Ses dents à lui sont larges et solides.

Est-ce que c'est toi qui as posé la couverture, cette nuit, demande Henni en récupérant son couteau. Elle suit des yeux le manège fascinant du bœuf disparaissant entre les mâchoires de son frère. Il hoche la tête. Il dit, la bouche pleine, la peau traînait dans un coin, j'allais m'en aller et tu tremblais fort. C'était comme si tu sautais sur place.

Il a l'air embarrassé de ce qu'il a fait et c'est tant mieux, car au réveil elle a eu peur. Il ne fait aucune allusion aux chiens. Elle est seule à y avoir pensé. C'est son secret.

Elle voit que les mains de Lev, sales, dures et griffées, tremblent aussi. Elle voit ses joues grises se creuser, elle voit son cou crasseux. Il a dû avoir faim lui aussi. Et il est tellement moins que les autres habitué à attendre.

Ils s'asseyent côte à côte adossés au mur et discutent. Elle ne dira rien de l'épisode de la vieille et l'oiseau. On ne sait pas vraiment que penser de la vieille, ce qu'on sait c'est qu'elle n'est pas pour Lev.

Il pose des questions sur ce qui est arrivé après sa fuite hors de la maison, et pour une fois il écoute ce qu'elle a à répondre. Sur le père, justement, elle n'a rien à cause du voile dans sa tête. Je n'ai rien, elle dit, et c'est vrai. Les éclats de verre ne peuvent pas compter. Quand elle raconte qu'elle ne sait pas où est Zelda, que leur sœur s'est cachée dans les bois pour les attendre après avoir échappé aux chevaux, il tique, il renifle, sa bouche se met de travers. Il la fixe en léchant ses doigts. Il ne reste plus une seule miette de viande sur le papier gras.

Quoi, elle dit en le regardant dans les yeux. Qu'est-ce qu'il y a.

Rien. Je l'ai pas vue.

Il ne dit pas tout ce qu'il sait. Dans son dos, un rectangle d'étoffe rouge lavée de lumière flotte à la fenêtre, comme si dans la cour quelqu'un le poussait du doigt à travers le carreau cassé.

Elle raconte le poing serré de Zelda, emprisonné de rouge sous les coulures et Lev bascule la tête en arrière, fronce les sourcils. De quoi tu parles.

Lev s'est précipité dehors avant elles, équipé de sa veste chaude, de ses gants fourrés et de sa casquette noire, il savait sûrement à l'avance que d'autres s'apprêtaient à pénétrer chez eux, mais de ce qui s'est passé aussitôt après, il n'a pas idée.

Et Henni non plus ne sait rien, finalement, quand elle y repense. Tout est encore tapi là dans l'ombre de sa tête. Elle voudrait bien qu'il lui dise. Qu'il l'aide. Mais quand elle demande pourquoi, à son avis, les brigands envahissent et ravagent les maisons, sa réponse n'éclaire pas. Ils veulent emporter nos âmes, il dit, et on se souvient qu'il avait déjà eu ces mots à propos de l'incendie chez les Krotchak. Le visage noir d'Élie entre dans la pièce, il tournoie, plein de chagrin et d'une grande colère mélangés. On voudrait essuyer ses larmes mais c'est comme pour le maniement du couteau tout à l'heure, on ne sait comment s'y prendre. On n'a pas le geste. On n'a jamais touché les larmes ni même la figure d'un adulte autre que son propre père.

Elle demande à Lev s'il est retourné chez eux. Il a quitté si tôt la fabrique qu'il aurait pu aller là-bas et revenir ici à temps pour la trouver dans l'armoire. Il sait la route mieux que personne. Il connaît bien la briqueterie.

Mais non, il n'y est pas allé. Il a attendu l'aube derrière l'entrepôt de refroidissement, guettant l'heure où les hommes se rassembleraient à la porte. Il les a observés sans se faire repérer, et a été déçu. Aucun visage connu ne s'est détaché parmi eux. Même Zozoulia n'y était pas. Alors il a renoncé et marché au hasard jusqu'ici.

Zozoulia est peut-être le nom du garçon des chiens, elle se dit, celui avec les grands yeux noirs qui la reluquaient l'autre fois. Zozoulia. Elle garde un instant ce nom-là sur la langue pour en goûter le goût.

Et nous, dit Henni après un moment.

Elles étaient dedans, elles. Dans la briqueterie. Les brigands auraient pu entrer et leur tomber dessus. Ils auraient pu si facilement arracher les âmes de ses sœurs et les emporter loin d'ici.

Lev hésite avant de répondre. Il se gratte la lisière des cheveux. Les coudes de sa veste sont si pelés qu'on dirait que le tissu lui-même est malade, laissant par plaques apparaître un autre tissu sous les franges encrassées du premier, parlant d'un autre temps lui-même désolé, un temps criblé de trous.

J'ai pensé que vous aviez fichu le camp, et depuis belle lurette. Pourquoi les attendre. Zelda n'est pas si bête, d'habitude.

Il a raison. Zelda n'est pas bête du tout et d'ailleurs elles ont déguerpi avant toute intrusion.

Cette maison isolée non loin des vergers de pommiers est celle d'une famille inconnue. Même Lev, qui connaît tout le monde à force de traîner, semble ignorer son nom.

Lorsqu'il est arrivé ici après le lever du soleil, raconte-t-il, il est entré furtivement dans la cour et a commencé par se poster dans le bûcher, là-bas, face à la porte, pour observer les lieux entre les planches mal jointes. Et bien lui en a pris, car quelques minutes après les hommes ont surgi pour attaquer la maison encore engourdie de nuit. Il a entendu des cris, des batailles, les hommes ont sorti sans ménagement les meubles et d'autres objets dans la cour. Lev a d'abord pensé qu'ils les rassemblaient pour les emporter, comme les jours précédents on racontait qu'ils faisaient, traînant va savoir où leur butin pour, à la fin, le vendre à d'autres ou le garder pour eux. Mais les hommes se sont contentés de les empiler au milieu de la cour et d'y mettre le feu. Sans doute qu'ils voulaient simplement les arracher à leurs propriétaires, pour rien, dans la plus grande douleur possible.

Henni réfléchit. Elles auraient pu apercevoir leur frère lorsqu'elles étaient passées la première fois par ici, Zelda et elle. Les hommes étaient partis, lui était toujours là. Il dit qu'il ne les a pas vues.

Et des chevaux ? Est-ce qu'ils avaient une paire de chevaux à la crinière noire ?

Lev ne répond pas, sans doute qu'il n'a pas entendu. Il ne sait pas ce qu'elle et Zelda ont fui. Il cligne des paupières et ferme la bouche avec précaution, comme s'il avait mal aux dents.

Ensuite, il dit un ton plus bas, avec une torche ils ont mis le feu à ses cheveux.

À qui ? dit Henni, intriguée. Les cheveux de qui ?

D'une femme. Une femme qui était là. Je l'ai vue sortir dans la cour en chemise et ils l'ont attrapée.

Il s'interrompt, cherche ses mots. Ou alors il attend que l'image se déroule dans sa tête, pâlisse et soit moins difficile à donner.

Elle a couru, ils l'ont frappée et puis elle est tombée là-bas, elle n'a même pas crié.

Il désigne un endroit vague à travers la fenêtre, au-dehors, Henni tourne la tête, on ne voit rien par là que le ciel blanc tranchant sur le rideau rouge.

Elle a forcément dû crier.

Peut-être, dit Lev. Alors c'est moi qui ne pouvais plus l'entendre.

Il raconte que la chaleur faisait éclater le bois des meubles en feu devant lui. Il dit que quelque chose dans sa tête s'était refermé comme une boîte.

Il ne parle plus. Les flammes s'attardent une minute dans ses yeux, dans le brillant inquiet de ses yeux.

Appuyés contre le mur ils se tiennent cois tous les deux, chacun avec son feu dans la tête.

Puis Henni repart avec ses questions.

Non, il ne sait pas s'il y avait là une vieille très vieille avec un œil qui pleurait du lait. Il n'a vu personne d'autre. Pourtant, oui, quand il y repense il a entendu vers le début de l'attaque une voix affolée, une voix suppliante, et l'un des hommes s'est engouffré comme une bête affamée derrière la maison. Il courait peut-être après quelqu'un.

Il ne sait pas. Lui, il était caché à l'abri des piles de bois du bûcher à l'autre extrémité de la cour et personne ne l'a débusqué. Il n'a pour ainsi dire pas bougé pendant toute la scène.

C'est comme si je n'avais pas été vraiment là, à regarder ça, il dit. Il secoue la tête. Sa bouche est triste.

Elle est morte alors ?

Oui, il dit après un temps. Son front se plisse, on croit qu'il va pleurer, mais il ne pleure pas.

Elle voudrait se serrer contre lui. Enfin pas contre lui, mais contre quelqu'un, et il n'y a que lui.

25

Comme ils ont fini de parler, ils se lèvent et arpentent les pièces à la recherche de quelque chose d'intéressant qui aurait échappé à Lev. Henni passe la porte basse en bois noir, il y a là-derrière une cellule obscure avec trois matelas de travers posés sur un plancher grossier, sans draps ni couvertures. Son frère a dû s'installer sur celui du fond et piquer un somme après le départ des hommes. On se demande combien de temps il a attendu avant d'oser entrer. La forme de son corps est encore imprimée sur la toile fleurie d'auréoles, ses bottes ont laissé une trace terreuse au milieu. Elle l'imagine assoupi, roulé en boule pour se tenir chaud. Si elle avait eu l'idée d'entrer là tout à l'heure, c'est elle qui l'aurait surpris. Depuis la briqueterie, on sait que Lev est capable d'avoir peur. Elle aurait bien voulu voir sa tête.

Au pied d'un des lits, un objet brille, elle se penche pour le ramasser. C'est un cadre en métal travaillé de la taille de sa paume. Chez eux, ils en ont un de ce genre-là, plus grand et moins lustré, où figure la photo de Grand-mère et Grand-père Sapojnik le jour de leur mariage. Enfin c'est ce que le père a dit, car la femme du portrait sourit entre ses joues rondes et ne ressemble en rien à Grand-mère.

La vitre de celui-ci est fendue au milieu, elle a dû se briser en tombant par terre quand les brigands étaient là. On en suit la cassure du bout du doigt qui s'appelle Grand-mère. Et on sent que c'est triste.

La petite fenêtre éclaire un peu pour mieux voir, et ce n'est pas un couple qui luit au creux de la main d'Henni, mais un visage, un seul, étonnamment laiteux, la figure dessinée d'un très jeune enfant presque sans cheveux.

Elle ne veut pas le savoir et pourtant aussitôt elle le sait.

Elle repose avec précaution le cadre où elle l'a trouvé, sur le sol, et comme ça ne suffit pas elle se décide à le glisser dans une fente du plancher et à l'y enfoncer avec sa chaussure. Elle vérifie qu'on ne le voie plus et elle quitte la chambre.

Dans la pièce principale, Lev a déniché une série de couverts métalliques en assez bon état. Il inspecte fourchettes et cuillères les unes après les autres, il se prend pour un spécialiste ou bien un marchand.

Henni, elle, vient de trouver dans un pot un fond croûteux de miel. Elle s'empresse d'y fourrer les doigts avant que Lev ne s'en aperçoive, puis elle tombe sur un pichet rempli à ras bord d'un liquide incertain. J'ai soif, elle dit, et son frère lève brusquement la tête. Moi aussi. La viande salée assèche la langue, dit le père.

Dans une tasse elle verse l'eau ou le liquide qui, sinon le goût, en a vaguement la transparence. Lev y trempe les lèvres avec méfiance, c'est sucré, il dit, un peu dégoûtant. Il boit deux tasses à la suite et Henni en boit deux après lui. Elle a envie de vomir. À la vérité cette eau n'est pas si mauvaise, mais la tasse est grande, et dans son estomac le chou gonfle déjà comme de la laine oubliée sous l'orage.

Lev laisse alors échapper un rot qui diffuse dans la pièce une odeur de viande en voie de pourrissement. Il n'y a rien à part ça, aucun bruit, pas même au loin le chant d'un coq. La manche de Lev est déchirée à la hauteur de l'épaule, *recoudre* pense Henni distraitement, *ravauder ça demain*. Elle ferme avec précaution la porte de l'armoire, Lev vérifie par la fenêtre au tissu rouge qu'il n'y a personne aux alentours et ils se décident enfin à sortir dans la cour.

Dehors, le vent est complètement tombé, le feu fume toujours sous un ciel tout blanc. La neige a fondu. C'est une pauvre cour, se dit Henni. La porte de l'étroit poulailler est ouverte et les volailles, s'il y en avait, se sont échappées jusqu'à la dernière. Elle pense à sa poule noire boiteuse, elle voudrait la revoir. Elle est sa préférée.

Là-bas, différents objets sont éparpillés sur la terre détrempée. On identifie un morceau de violon, par exemple, un chapeau d'homme, un livre grand ouvert, une bouteille, une petite chaussure. Lev montre l'endroit où il s'est caché pendant l'intervention des bandits, dans le bûcher, puis son regard se perd.

À l'autre bout se dessine la silhouette aux cheveux brûlés allongée par terre. Henni se hisse sur la pointe des pieds pour mieux voir. Le haut du corps est noir comme si la femme avait gardé son châle sur la tête et sur les épaules. Plus noir encore que ça. Ses jambes sont tordues dans une position qui intrigue, qui dérange, puis fait mal au cœur.

On se demande pourquoi on ne l'a pas remarquée en pénétrant plus tôt dans la cour. Cette femme. Elle était loin mais pas si loin. Peut-être qu'alors il n'y avait rien. Peut-être qu'instinctivement on obéissait à Zelda qui, on en était sûre, aurait ordonné de garder les yeux dans sa poche le temps d'atteindre la maison. Avance.

On pense que Lev va s'approcher pour voir de plus près ce que ça donne, là-bas, mais il ne le fait pas. Il avale sa salive sans quitter des yeux l'endroit où la femme est tombée, mais c'est tout. Henni ne dit rien, il ne dit rien non plus.

Ensuite ils se tiennent immobiles devant ce qui reste du feu, le bout des pieds entré dans les cendres, profitant vaguement de la chaleur qui monte.

Je veux rentrer à la maison, finit par dire Henni.

Lev secoue la tête, juste une fois.

Zelda nous attend.

Non, dit Lev en roulant des yeux.

Non quoi.

Le volet cogne. Ils se raidissent d'un même sursaut.

Non Zelda n'y est pas.

Si. Elle y est, je le sais. Et le père, et tous. Ils y sont.

Lev ne répond pas, il se racle la gorge, fait pivoter ses épaules et c'en est fini de ses yeux. Il fait trois pas sur le côté pour s'arracher d'elle.

Lev.

Il s'en va.

Tu crois que je vais passer ma vie le nez dans les Saintes Écritures ou à attendre ici qu'on m'attrape et me saigne ?

Lev.

Mais Lev contourne le tas de cendres et s'éloigne d'un bon pas dans la cour, comme si sa sœur n'existait plus, comme s'il ne laissait rien ni personne derrière lui.

Lev, elle articule une troisième fois. Elle sait qu'il va flancher. Faire volte-face, lui sourire d'un air fatigué ou d'un air en colère. Lui revenir.

Pourtant, malgré ce qu'elle croit et continue à croire pendant un bon moment, Lev sorti de la cour s'élance sans hésitation en direction de la briqueterie ou, au-delà, vers les rues animées du shtetl. Dans le mauvais sens.

Lev, elle dit plus fort en courant jusqu'à la barrière. Lev !

Essaie si ça te chante mais moi non. J'y vais pas. Il y a plus rien là-bas. Et avec Zozoulia on a d'autres projets.

Il crie en levant le bras, on ne voit pas sa figure parce qu'il ne veut pas la donner, parce qu'il est déjà loin.

Rien. Plus rien là-bas. Les mots flottent sous le nez d'Henni. Comment il le sait s'il n'y est pas allé. Pourquoi il le dit.

Elle danse d'un pied sur l'autre.

Lev, elle dit. Sa voix est presque éteinte. Lev.

Elle revoit Zelda zigzaguant derrière elle de son galop heurté, poursuivie par les cavaliers, elle la voit virer sans raison vers la briqueterie. Comme son frère à l'instant. Ils sont tous les deux plus grands qu'elle. Ils ont une idée qu'elle n'a pas. Ils savent. Ils savent où aller. Et elle, comment faire, comment savoir, comment se décider.

Elle vacille parce que ses jambes voudraient suivre Lev où qu'il aille, même chez l'ami aux yeux noirs qui rirait de son trouble. Elle vacille parce qu'une autre partie d'elle veut rejoindre au plus vite leur propre maison où Zelda l'attend avec sa main rouge.

C'est une bagarre dans ses jambes et elle dure si longtemps qu'à la fin Lev a vraiment disparu et on comprend qu'on est seule pour toujours devant le feu mourant.

26

Alors elle revient dans la maison inconnue, à l'abri de ce qu'il ne faut pas voir dans la cour et du vide creusé en soi par l'absence de Lev. Elle consulte le doigt qui s'appelle le père, et il a l'air de penser que son fils aîné sera posté près de la barrière quand un peu plus tard sa fille cadette sortira d'ici, ne t'inquiète pas, dit le père, ton frère sera là pour toi, pas fier mais droit comme un piquet.

Elle pense qu'elle est la préférée de son père, comme la noire est sa préférée dans le poulailler de chez eux, et on ne sait pas ce que ça veut dire, ce qu'il faudrait souffrir si on devait ne jamais la revoir, cette poule à patte folle dont les yeux sont gentils. Elle pense le plus fort du monde à la poule noire pour ne penser à rien d'autre.

En attendant, pour laisser à Lev le loisir de modifier sa route elle va fouiller chacune des pièces, et faire ça mieux que tout à l'heure.

Si elle tombe sur un objet intéressant, elle en fera son butin, comme c'est arrivé à la briqueterie ou dans beaucoup d'endroits. *Henni est une sale fouineuse*, ont dit dans son dos Golda et Esther, les filles du marchand de drap. Ne laissez pas traîner vos affaires.

Mais ça n'est pas vrai. Elles mentent. Henni ne vole rien, elle sauve ce qui sans elle serait oublié et perdu. Des boutons, des pétales, des billes, des cailloux, des noisettes sauvages. Des oiseaux tombés par terre. Rien qui aiguiserait l'appétit de ses deux cousines ou celui de Macha, par exemple.

Elle parle à ses doigts pour leur expliquer ce qu'elle fait, ce qu'elle va essayer de faire, elle parle pour les rassurer et aussi pour devenir neuf personnes ensemble réunies sous ce toit au lieu d'une seule qui ne serait qu'une proie.

Lev ne veut pas d'elle. Jamais il ne l'aurait autorisée à le suivre, où qu'il ait décidé d'aller. Avec ses pieds qui font deux fois la longueur de ceux d'une fille il marche tellement vite. Il l'aurait semée. Et alors de nouveau : Henni abandonnée au milieu de rien.

C'est ma sœur. Elle revoit la bouche qui prononçait ces mots près de la rivière, elle voit aussi le silence surchauffé qui avait suivi, plein de sous-entendus. Une averse de lumière crépitait sur la terre sablonneuse et les feuilles autour d'eux. Elle essaie de réveiller en elle la moiteur de ce jour. C'est l'été. Les insectes nés de l'eau, des herbes et des fruits trop mûrs forment un treillis qui distord la vision. Les yeux noirs du garçon debout derrière Lev sont de ce genre de mouches qu'on ne peut pas attraper.

Elle ramasse par réflexe certains des objets qui ont roulé sur le sol et les aligne sur la table. À son étonnement, la plupart sont indemnes.

Dans une alcôve elle découvre un grand panier à l'anse bien solide et y dépose les couverts dont Lev n'a pas voulu s'encombrer, le fagot de bougies récupéré dans l'armoire, un lourd chandelier de shabbat que personne n'avait vu parce qu'il s'était glissé contre un mur sous un tas de chiffons. Elle ajoute pour finir quelques épingles à cheveux et la tasse dans laquelle ils ont bu tout à l'heure, bordée d'un filet rouge. Elle a son butin. Il faudrait qu'elle soit contente.

Mais si un intrus la surprenait, occupée à ce ramassage, Henni sauterait en l'air et se mettrait aussitôt à pleurer. C'est sûr. Elle aurait peur, ou bien elle aurait honte. Elle aurait les deux. Comme si pour une fois, malgré son bon cœur, elle était vraiment la voleuse qu'on avait dit qu'elle était.

Si. Il y a tant de *si* effrayants.

Si la femme à la figure brûlée se relevait soudain dans la cour et venait vers elle, auréolée de flammèches. Si la vieille émergeait de sous ses couvertures et passait le seuil en rampant. Si les bandits revenaient.

Elle écoute, mais il n'y a personne.

Elle tombe enfin sur deux petites robes de deux bleus différents. Elles sont propres et bien faites, note son œil connaisseur. Une main habile en a brodé les plastrons de motifs jaune et blanc pour l'une, vert et brun pour l'autre. L'ourlet de la plus claire a été rallongé d'une bande de coton contrastée, l'enfant avait grandi. Ce sont de jolies robes. Henni n'en a jamais cousu d'aussi belles, et Kreina Schifman encore moins, que Dieu la confonde si elle ment.

Elle en inspecte les coutures et, sans prévenir, sa figure entière coule dans les plis du tissu. Elle renifle, elle cherche l'odeur et ça fait tanguer tout le corps. Ça fait du bien et ça fait du mal. Les relents de savon et ceux, plus discrets, de beurre et de terre et d'enfant lui envahissent le nez jusqu'à la faire tousser.

Ensuite elle replie proprement les robes, se dirige vers la chambre et les glisse sous le matelas du milieu. Rien ne dépasse. Leur odeur stagne dans les narines et la gorge comme une eau croupie, on a beau expirer avec bruit, ça ne s'en va pas. Certaines choses ne s'en vont jamais. Ça aussi, c'est bien et c'est mal.

Le panier attend maintenant près de la porte, il est prêt à partir mais on continue d'hésiter à cause de son poids. On aimerait l'emporter avec son chargement complet mais il est probablement impossible de le traîner jusqu'à la maison. C'est trop compliqué pour quelqu'un de son âge. Malgré ce qu'on a bu et mangé, malgré le court repos dans l'armoire ou dans le verger, on n'a pas récupéré assez de forces.

Pour se donner du courage, elle imagine la tête du père découvrant le panier à son arrivée. Son visage qui s'éclaire, la mère qui daigne quitter son siège et s'approcher, curieuse. Henni commence à sourire mais le noir se fait brusquement dans l'image, la lampe vient d'être soufflée, on ne sait pas pourquoi.

Non. Le panier est trop lourd. Elle décide de l'alléger du chandelier, mais quand elle se penche au-dessus tout a changé dedans, il y a les poussins de son père, assez d'œufs pour faire un énorme lekech et le melon ovale et gercé de la mère Straigorodski.

Voleuse.

Elle ouvre la porte et elle jette un œil au-dehors. Lev n'est pas revenu.

Dans la cour, elle cale au milieu des braises le pichet de grès brun puis le recouvre d'une planchette pour que les cendres volantes ne risquent pas d'y retomber. Quand ce qui reste de liquide sera tiède elle s'en remplira le ventre et la bouche. Elle ferme les paupières rien qu'à cette perspective. Après avoir bu, elle appliquera ses doigts autour du pichet pour les réchauffer, sauf celui qui s'appelle Lev parce qu'il ne mérite rien.

En attendant, elle pousse sa langue contre sa dent qui bouge, elle hésite puis elle cède. Elle ne voulait pas et puis voilà qu'elle veut. Elle laisse le feu là-derrière. Elle s'avance. Sans respirer, elle fait un premier pas vers la femme allongée par terre.

27

Elle s'approche mais s'arrête en route. On la voit bien assez d'ici.

La femme. Le grand tissu souillé de sa longue chemise est remonté sur une jambe, les pieds sont nus. L'une des mains est posée à plat, sage, brune sur la terre brune. On dirait qu'elle dort, cette main. Brune, sage. Et, sans comprendre de quel tréfonds ça jaillit, Henni la reconnaît. Sur le doigt du milieu, elle voit la bague en forme de trèfle.

Plusieurs syllabes tintent entre ses oreilles, une sale petite cloche qui la cloue sur place. La femme. Elle connaît son nom. Elle le connaît avec une telle violence qu'elle doit rebrousser chemin et, sans plus réfléchir, se mettre à l'abri des images et des mots qui gargouillent dans sa tête. Il faut courir.

Oh. Ce qu'ils lui ont fait.

Les châles noirs se sont soulevés, ils tournoient dans le ciel. Elle court. Une fois retranchée dans la pénombre du bûcher elle est secouée de tremblements plus effrayants encore que ce qu'elle a vu, entendu et soudainement compris à propos de la femme dans la cour. Elle en titube pendant de longues minutes.

Et puis l'odeur du bois, celle du miel sur ses doigts la rattrapent. Les surnoms de son bébé envahissent le bûcher en un torrent de bourdons et Zelda, la senteur et les bras scintillants de Zelda l'enlacent peu à peu et la serrent.

Elle se demande s'il faudrait dire des psaumes pour la femme. Certains le font. Plus tôt quand elle en a parlé, Lev a dit non. On ne sait pas faire, on ne la connaît pas et puis non. On ne prierait pas.

Un jour, elle a entendu son frère déclarer qu'eux, les Sapojnik, n'avaient pas grand-chose à voir avec *une famille pieuse*. Ils faisaient ce qu'il fallait pour ne pas être montrés du doigt par le rabbin ou certains habitants du shtetl, mais pas davantage. D'autres y allaient de leurs médisances. Le père courait-il à la synagogue aussi souvent qu'il le fallait, leur mère s'immergeait-elle aux bains rituels chaque mois ? Que savait-on ici du sens caché des cantiques ou des psaumes bibliques, du pur et de l'impur et de la crainte de Dieu ? Beaucoup dans le pays, disait Lev, ne s'embarrassaient pas de religion et ça n'avait aucune importance.

On ne sait pas si c'est vrai.

On est fille quand il faudrait être homme, on est un seul enfant quand il faudrait être dix et adultes, alors on ne dit pas le kaddish mais on en pense à toute force un fragment traduit par le père et retenu va savoir comment puisque les enfants n'ont rien à faire avec ces histoires. On le fait donc malgré la loi et malgré Lev. Contre lui.

Sois bénie à jamais et dans tous les temps des mondes.

On n'y est pas autorisée non plus et pourtant on s'imagine recouvrir d'un linge propre le corps de celle qui était si belle. Bénie et louée et glorifiée.

Les spasmes finissent par s'espacer.

Respire doux. De plus en plus doux. Puis de plus en plus long, dit Zelda.

Elle souffle. Autour d'elle, les bûches montent jusqu'au toit, en strates parfaitement alignées. La personne qui range ici le bois de chauffe connaît son travail, et Henni ne peut s'empêcher d'en être idiotement rassurée.

Il semble qu'elle a trouvé l'endroit précis où son frère s'est tenu caché à l'aube lorsque tout ça est arrivé. Voilà qu'elle s'y tient à son tour, comme sur le siège ciré de la mère. D'ici, on peut tout surveiller.

Lev a dû rester là un long moment glacé, à piétiner en roulant des yeux comme il fait quand il est embêté. Une heure peut-être, même s'il est difficile de savoir ce qu'est une heure quand on la passe à observer des brigands construire un feu de choses aimées tels des berceaux ou des tabourets, quand on la passe à voir une femme sortir en courant avec ses longs cheveux vivants puis se faire attraper. Ça doit être aussi noir qu'une nuit.

Pauvre Lev. Il y a là sur le sol l'empreinte tourmentée de ses bottes et, un peu au-dessus, la bûche contre laquelle, on en est sûre, il a désespérément pris appui pour essayer de rester debout tout ce temps. La voilà, ronde et recouverte d'une mince écorce claire. Un tronçon de saule, on dirait, qui dépasse légèrement du tas. En se hissant sur la pointe des pieds jusqu'à atteindre du regard un trou dans la cloison de bois, on voit exactement ce que Lev voyait. Sauf que maintenant la cour est déserte, les brigands partis et va savoir où ils sont. Peut-être que lorsqu'ils sortent de chez les gens ils n'existent plus, les brigands.

Un gros flocon de neige envolé d'un toit plane au-dessus de la porte de la maison inconnue. Plus bas, le pichet planté au milieu des cendres semble si pitoyable qu'Henni a envie de quitter son abri pour lui venir en aide et le sortir de là. Elle regrette si fort d'avoir laissé partir Lev, c'est sa faute, elle n'aurait pas dû l'agacer. Il l'aurait conduite à la maison de lui-même si elle n'en avait pas parlé avec cette insistance. Maintenant, dans le bûcher elle n'a plus que la trace de ses pieds et que faire avec ça.

Et puis le chat des pommiers entre dans la cour. C'est un chat orange. Il se méfie, progresse par à-coups, il renifle et ses moustaches vibrent.

Elle a remarqué que les grandes personnes tels Kreina Schifman, Tauba la mercière ou le père, oui, même le père, donnent pour *jaune* ce qui en réalité est *orange*, et elle se dit qu'elle saura qu'elle n'est plus une enfant à l'heure où, comme eux, elle ne différenciera plus les couleurs avec précision.

En attendant, ce chat-là est bien un chat orange, à la large figure et au corps osseux. Il ne s'approche ni d'elle ni de la femme qui s'appelle Ita Sandler, qui marchait sur les chemins avec sur la figure un grand morceau de lumière. Il ne pense pas une seconde à elles, le chat orange, non, il se contente de longer les remises coiffées de vieux bardeaux et de pelures de bouleau avant de s'effacer à l'autre bout, comme s'il n'était jamais venu. Comme s'il était une sorte de Lev transformé en chat.

C'est sûrement parce qu'elle est concentrée à épier l'animal, espérant que lui au moins se retourne vers elle, lui adresse un signe, qu'elle tarde autant avant de les voir et de les entendre.

28

Elles sont trois, trois femmes hautes et robustes enfin de retour chez elles. Leurs figures sont tristes, ou bien peureuses, ou bien en colère, ou tout ça à la fois et c'est bien normal quand on découvre à quoi ressemble sa maison après *ce qui s'est passé*.

L'une a un long nez jaune et une bouche très rouge, la deuxième un joli fichu fleuri sur la tête et les gencives plus pâles que ses dents très courtes, la dernière un visage grêlé. Ce sont des paysannes chaudement vêtues, pareilles à toutes celles qu'on croise depuis qu'on est née. Elles n'ont aucune similitude avec Ita, qui était si belle si gracieuse, mais ça n'a pas d'importance. Dans une même famille les personnes diffèrent. Il n'y a qu'à voir pour Lev.

Elles doivent à peu près avoir l'âge de la mère. C'est difficile à dire. On ignore si la mère a un âge. On les examine des pieds à la tête tandis qu'elles encerclent ce qui reste du feu d'un air recueilli. Une grande partie de leurs meubles est réduite en cendres, le reste, qu'elles vont découvrir, est sens dessus dessous. Ce sont les malheureuses inconnues de la maison qui n'est plus vraiment inconnue, et on les plaint de tout son cœur, de tous ses bras.

Si elles se tournaient, elles verraient là-bas le triste spectacle de la femme allongée par terre, alors elles pousseraient des cris, elles éclateraient en sanglots impossibles à éteindre. Y penser donne des frissons dans les jambes. Pour l'heure, aucune n'a vu Ita, ce qui reste d'Ita, ce qu'elle est devenue. En vérité elles semblent ne pas encore avoir eu l'idée de la chercher. Elles sont entrées et s'activent à l'intérieur, on entend leurs voix, elles parlent dans l'autre langue, ce qui est bizarre mais peut-être pas. Le père, lui aussi, pourrait la parler sans effort s'il voulait.

Prudente, comme son frère avant elle Henni reste cachée dans le bûcher pour observer entre les planches ce qui va se passer. Elle aimerait bien sûr avoir davantage de courage. Elle s'imagine traversant lentement la lumière assourdie de la cour, laissant Lev, pleutre Lev, tapi dans l'ombre de sa cachette.

Elle appellerait. Du bras, elle indiquerait aux femmes pointant leur nez à la porte et à la fenêtre l'emplacement où leur Ita avait fini par tomber. Elle est fière de savoir précisément l'endroit, et plus encore de connaître son nom, de la revoir ondulant sur les chemins ou sur la place du marché avec sa figure de soleil.

Les paysannes, méfiantes, étonnées, se seraient alors approchées d'elle.

On a la scène dans la tête.

La voilà, Ita, là-bas, au fond de la cour avec le trèfle sur sa bague, ses jambes mortes et sa pauvre belle figure en charbon. Allez vers elle, et donnez-vous la main pour sauvegarder vos forces.

Elle voudrait leur dire quelque chose de ce genre, oui, sans oser leur parler à cause de leur langue et de la crainte qu'elle a toujours des gens inconnus. Elle le dirait à sa manière, modestement et dans ses mots à elle, qui sont, on le sait, ceux d'Ita.

Prends-la, elle dirait aux femmes. Et elle sourirait tristement, sans insister comme la vieille l'avait fait sans succès.

Mais elle n'est pas sortie du bûcher. Aucune des trois ne l'a repérée. Ita est restée esseulée dans son coin.

L'écho de brèves paroles bondit à présent dans la cour, on ne saisit pas le détail. En fait presque rien. On pense à ce qu'elles font plutôt qu'à ce qu'elles disent. Elles doivent s'efforcer de replacer la table comme elle était avant. Bien droite. Elles doivent remettre les affaires en ordre, les faire revenir dans leurs traces. Comme si rien n'était arrivé.

Si elles sont passées dans la cour sans prêter attention au pichet fiché dans les braises, elles ont forcément remarqué le panier sur le seuil, prêt à être emporté par une autre qu'elles-mêmes. Le ventre d'Henni se contracte. Elles sont furieuses ou le seront dans un instant. Fouineuse, ricanent les cousines Peker à l'intérieur de son oreille. Voleuse.

Réfléchis, dit Zelda.

Il y en a bien une qui va vouloir rallumer le gros four de glaise qui occupe une bonne partie de la pièce. Elles vont y penser, c'est forcé car en hiver c'est l'une des premières tâches, et celle qui s'y mettra aura besoin d'une bonne ration de bois sec. Il n'y en a plus à côté du fourneau, Henni l'a remarqué. À peine une bûchette ou deux gisant au hasard. Respire, respire tout doux. Tu vas savoir quoi faire. C'est facile.

Si la femme vient se réapprovisionner dans le bûcher, il suffira de reculer vivement vers le fond avant qu'elle n'entre. Houp. Voilà.

Elle est petite et mince. Ses cheveux en forme de champignon sont exactement de la couleur des écorces. Nul ne la verra. Ne pas bouger c'est tout. Et ne pas geindre, surtout pas.

Pas bouger, pas crier, pas pleurer, pas pisser. Une bûche parmi les bûches. Au pas, dit-elle à son cœur au galop. Au trot et puis au pas. Elle sent la puissance de son frère l'envelopper. Il doit y avoir par là une hache, dit Lev. Trouve-la. Ou tais-toi. Tiens-toi.

L'une des femmes se montre à la porte en face et s'avance. Henni se raidit mais l'autre, le regard ailleurs, quitte la cour pour y revenir juste après, poussant à bout de bras une large carriole dont les essieux mal graissés font vibrer l'air et grincer les dents. La femme au nez jaune la stationne pile devant la fenêtre au rideau rouge.

Alors ça commence. Elles se mettent à trois pour charger en vitesse leurs affaires, et on dirait qu'elles se sont préparées, elles savent s'y prendre, dans quel ordre organiser leurs gestes et l'empilement des choses sur le plateau de la charrette. Elles ne s'adressent quasiment plus la parole, mais sans traîner sortent un matelas, un deuxième et puis le dernier, comme s'ils ne pesaient rien. On pense aux robes sur lesquelles elles ont dû tomber en soulevant celui du milieu, leur joie de les retrouver intactes. La table est calée les quatre pieds en l'air par-dessus, puis un chaudron, un grand tamis, un crochet à long manche qui ressemble à celui que Zelda utilise pour manipuler les plats dans le four, enfin d'autres affaires qu'on n'identifie pas parce que les yeux se ferment. Les femmes ont décidé d'abandonner leur maison.

Pour finir, le panier est renversé d'un coup par la paysanne au fichu fleuri. Henni voit avec effroi son trésor se répandre sur le sol de la cour. Les couverts sont rassemblés d'une paire de mains prestes et lancés sans ménagement dans la carriole, suivis du panier vide. Le temps semble compté.

Et puis celle au nez jaune, qui depuis le début est la plus active, se saisit de la menorah de shabbat et la lance à toute force au milieu de la cour, en direction de la femme brûlée. Henni voit le chandelier fendre l'air et échapper à son champ de vision. Ha, glapit-elle dans les bûches sans le faire exprès. Et c'est comme si elle tombait en restant debout.

Celle aux joues vérolées lâche un gloussement puis les femmes rient à trois avec excitation. Elles s'esclaffent. On ne comprend pas ce que veulent dire les rires. Ces rires-là. Zelda soutient que, parfois, quand on ne sait pas comment pleurer on rit parce que c'est plus facile.

Mais quelque chose cette fois ne va pas. Même Lev serait d'accord pour ne pas rire du chandelier de shabbat. Pour ne pas rire d'Ita.

Les paysannes vont maintenant partir. On sent qu'elles sont prêtes. Elles n'allumeront pas le poêle. Elles sont pressées, elles sont en retard, elles emportent tout sauf le fagot de chandelles, la tasse et la menorah. On ne les aime pas. Elles n'ont ni pleuré ni crié ni seulement cherché à porter secours à Ita. Elles ont préféré précipiter sur elle un objet précieux autour duquel, d'habitude, on se rassemble quand la première étoile apparaît dans le ciel.

Elles se sont moquées.

Elles sont fortes, elles sont trois. Elles sont debout quand l'autre ne pourrait soulever sa nuque. Ita était si belle, et elles sont tellement laides avec leurs yeux brigands.

Et surtout, elles ont ri.

De tout son cœur on avait voulu les aider. C'est ce qu'on se disait au début. *Aider.* On sait maintenant qu'on s'est trompée, qu'il faut rester cachée.

La carriole s'ébranle, poussée par les deux qui n'ont pas le nez jaune tandis que celle qui est la commandante ouvre la marche d'un pas mécanique, les bras serrés contre sa poitrine.

Henni les regarde, les épaules remontées, les sourcils froncés, la langue mordue entre les dents. Elle se dit sans y croire, elles s'en vont. Elles s'en vont. La maison n'est pas leur maison.

Dessous leur équipage, le gémissement des âmes de la famille inconnue filtre entre les épaisseurs de matelas. Il résonne dans la cour entière, et longtemps après que les femmes sont parties on l'entend encore.

29

Après le départ des trois paysannes Henni attend longtemps à l'abri du bûcher. Le silence a fini par revenir. Quand elle se sent prête, elle jaillit d'un coup dans la lumière et puis elle galope. Tous ses doigts, même le dixième qui n'a personne, le lui ont rugi d'une seule voix, cours, galope !

Elle court jusqu'à Ita, luttant pour ne pas regarder et, à défaut de drap propre, à défaut de caillou de la couleur du lait, elle recouvre la main et la bague en forme de trèfle du mouchoir blanc qui à l'instant dans sa poche emmaillottait le couteau à la lame cassée. C'est tout ce qu'elle a pour linceul, c'est petit mais c'est beau, c'est utile, ça protège.

Elle file ensuite jusqu'à la porte. Les femmes ne l'ont pas refermée et dedans, c'est une bouche édentée avec ici et là des débris misérables de nourriture en train de sécher ou bien de pourrir. En train d'avoir honte. Dans la chambre étroite derrière la porte noire les robes sont étalées par terre l'une à côté de l'autre, toujours propres et repassées parmi les plumes d'édredons disparus et les fétus de paille. Les femmes n'ont pas voulu des robes. Elle se penche pour les prendre, mais elles sont trop belles. Elle retire sa main.

Dans l'autre pièce le demi-rideau contre la fenêtre lui lance un signe rouge. Elle se tient au milieu sous les planches mal calfatées du plafond sans rien faire que reprendre son souffle en arrangeant la maison dans ses yeux. Elle veut pouvoir se souvenir si elle le décide. Se souvenir de la trace humide que la casserole de chou a laissée sur le sol, du pot de miel qui depuis a roulé et éclaté au pied du fourneau, d'une image délavée piquée de travers sur le mur dont on ne saura jamais ce qu'elle représente. Se souvenir des griffes formées par les pieds malmenés de la table. De la petite fenêtre rouge et de la porte basse en bois sombre. Elle se mouche dans sa manche et renifle. Elle veut l'odeur aussi dans son nez.

Soudain, la voix de Lev entre dans ses oreilles. D'autres arriveront bientôt avec une autre charrette, il dit. Ils prendront tout. Ce qui reste encore, ils l'emporteront. Pars d'ici, il dit. Pars.

Alors elle retourne dans la chambre, ramasse les robes à la volée et elle sort. Elle est terrifiée. Dans le bûcher, elle fourre les robes entre deux rangées de bois, un bâton l'aide à les enfoncer assez profond pour que rien ne dépasse. Elles sont en bouchon mais tant pis, personne ne doit remarquer qu'elles sont là, personne d'autre que la famille inconnue.

Quand elles reviendront, la tante ou la sœur d'Ita ou quelqu'un devinera où trouver les robes sans avoir besoin de les chercher et saura quoi en faire, comment les rendre aussi belles et bien lissées qu'avant, l'une d'un bleu plus clair que l'autre, brodées sur le plastron de jaune et de blanc, de vert et de brun.

Dans la cour le feu semble éteint et ce n'est pas le moment de s'occuper du pichet avec la planchette par-dessus. On n'a plus du tout soif.

Il faut s'en aller. Va, Henni, dit la voix de Zelda. Il est temps.

Elle arrache le tissu rouge de la fenêtre et le noue en fichu sur sa tête, pour avoir moins froid et surtout pour conserver sur elle un peu de la couleur d'ici.

Elle s'en va. Elle sort de la cour en marchant lentement car il faut se donner le temps de réfléchir pour ne rien négliger. Et comme elle a bel et bien oublié une chose importante, elle s'arrête et fait demi-tour. Ça ne prend qu'une minute pour rattraper cette chose.

En partant pour de bon, elle referme la porte de la maison, laissée béante par les trois mauvaises. Elle la ferme avec soin, en la secouant elle vérifie la clenche. C'est bien. Le vent ne la rouvrira pas.

Elle tend la main, les doigts, juste un peu, en direction d'Ita. On voudrait ne jamais oublier la haute silhouette sur les chemins, le sourire qui s'allumait sur sa figure dès que quelqu'un s'approchait d'elle, quel qu'il fût, un enfant ou même un homme.

Reste là, elle dit à l'image qui faisait grandir. Reste.

Au dehors de la cour, à droite et à gauche les femmes ont disparu. Lev n'est nulle part. Un instant on y a cru, on a espéré le voir, posté là droit comme un piquet au tournant comme le père avait dit parce que lui aussi, il y croyait. On a regardé de tous les côtés mais il n'y était pas, et on s'est dit tant pis.

Elle remonte ses chaussettes. Elle se gonfle d'air et laisse la maison derrière elle.

30

Sur les premiers pommiers, la neige a complètement fondu. Les branches forment en hauteur, par-dessus la tête, un filet tressé qui emprisonne les yeux.

Henni se glisse entre les rangées d'arbres, à l'écart du chemin que pourraient emprunter brigands à cheval ou à pied, paysans, paysannes et hordes de chiens. Elle s'arrête et elle réfléchit. Le soleil est enfoncé derrière les nuages, on se demande s'il peut respirer, englouti dans sa crème de lait. On sent que c'est l'après-midi, qu'il faut se dépêcher, bientôt l'obscurité viendra et elle avalera tout.

Elle écoute. Au loin, un aboiement plaintif s'éteint avant de reprendre, d'autres cris s'entrecroisent, ceux des pies, des corbeaux affamés, mais aussi, plus près, le gazouillis d'un oiseau plus modeste dont elle ignore le nom et qui chante pour chanter, ainsi que chantent les vrais oiseaux.

Elle lisse ses cheveux, avale sa salive, son cœur bat trop vite. Tais-toi, elle lui dit en essayant d'adopter la voix résolue de Lev. Dors, et à son étonnement son cœur finit par lui obéir.

Elle pose la main sur sa figure. Sous ses paupières, il y a

cette autre main engluée de sang, à jamais refermée sur un trésor absent. Dans sa tête il y a la main de Zelda et il y a celle d'Ita, ce qu'elles sont devenues.

Respire. Elle respire fort à travers ses doigts. N'y pense pas, dit la bouche de Zelda, je n'ai pas de mal. N'y pense pas, dit la bouche d'Ita, je n'ai plus de mal.

L'odeur et la poisse délicieuses de la cendre et du miel se muent entre ses lèvres en une buée transparente. Zelda l'attend devant leur maison. Henni en est certaine à présent. Elle est assise sur le banc fabriqué par le père, la guettant de loin, et on se demande pourquoi elle ne s'est pas encore mise au chaud, enroulée dans un édredon, prête à ouvrir contre sa hanche une place à la taille retrouvée de sa sœur. C'est que Zelda veut la voir et la héler la première quand elle arrivera. Elle est là, elle n'a pas froid, elle n'a pas peur, elle est Zelda qui l'attend sur le banc.

Henni se remet à marcher en se répétant qu'elle sait où elle se trouve. Elle a tous ses repères. Ça n'est pas vrai mais ça n'est pas grave.

Ce qui est sûr c'est que si on atteint l'arbre couché, la rivière ne sera plus très loin. Son bruit viendra dans les oreilles. Quand la neige fond, la rivière enfle et s'emballe, elle tend les bras, on la connaît. Il suffira de lui tourner le dos. Elle se souvient du chemin emprunté pour venir de chez eux jusqu'à l'arbre. Elle s'en souvient à peu près. Si elle retrouve l'arbre, elle trouve aussi la tombe de la corneille. Les silhouettes de Golda et d'Esther se haussent de bleu et de vert puis s'évanouissent derrière les buissons, on entend leurs voix, leurs gloussements s'égayant dans le soleil d'été. On ne les aime pas beaucoup mais leur présence apaise.

Une fois à l'arbre, si on ne fait pas de zigzags la maison ne sera plus qu'à *un moment de marche*. C'est ce qu'avait dit Esther pour l'inciter à les accompagner ce jour-là, et va savoir pourquoi elles avaient souhaité s'encombrer de leur petite cousine qui avait mal aux dents, peut-être qu'un adulte les avait suppliées, les avait menacées. Peut-être même leur mère à elles, la femme du marchand de drap que toujours elles avaient sur le dos.

Et un moment de marche, avait dit Esther, ça n'est pas beaucoup.

Elle voit la souche prendre ses reflets rouges. Le fossé se remplir d'eau. Un moment de marche et le bouquet de saules se découpera dans le ciel blanc, la façade de la veuve Straigorodski apparaîtra sur le côté, étourdie de fumée et de brume comme chaque soirée d'hiver, d'automne et de printemps.

Elle ravale des flots de salive.

Essaie, dit le père.

Elle suit les lignes d'une quantité de pommiers. Le bas de leurs troncs est enserré pour la plupart de bandes de tissu qui doivent les tenir au chaud, et on ne sait pas pourquoi la personne qui les a habillés ainsi en a dédaigné quelques-uns au passage. C'est difficile de décider si c'est parce que ceux-là sont moins frileux que les autres et sauront se débrouiller nus tout l'hiver, ou si, au contraire, ils ne valent même pas qu'on dépense pour eux le prix de la toile. Il doit y avoir là un système mais on ne le connaît pas. On se demande aussi, furtivement, à quel genre de pommiers on appartiendrait si on en était un. C'est bizarre de penser que le gel peut brûler comme le feu, ainsi qu'on l'a appris. C'est bizarre de penser que certaines grandes personnes puissent aujourd'hui faire honte aux enfants qu'elles ont été autrefois.

Elle compte les plaques de neige qui résistent au dégel encore tapies ici et là. Elle ne sait pas très bien compter et ça non plus ça n'a pas d'importance. Ça rythme le pas. Dix-huit, dix-neuf, trente. Elle frotte vigoureusement ses bras pour y faire circuler le sang. La boue colle aux chaussures comme une glu et alourdit les jambes. La marche est difficile.

Un homme, deux femmes et deux jeunes enfants portant des toques à oreillettes paraissent sur le chemin qui longe le verger, sévères et pressés, la tête rentrée dans les épaules. On ne les reconnaît pas. De loin, celle qui marche la première et dont on a vu qu'elle boitait croise le regard d'Henni. Rien ne se produit, aucun geste n'est amorcé, aucun mot prononcé.

Elle s'accroupit face à un pommier, dos à eux. Une goutte de neige fondue fraie son chemin sur le tronc de l'arbre sans manteau. La goutte. Cette goutte.

Suis-la. Elle est un lac, une rivière ronde, le début d'une rivière, un ruisseau de pommier. Ça ne dure qu'une seconde, les gens sont déjà passés. Un coq chante une seule fois, à croire que ça suffit. Lève-toi, dit le coq. On voit sa tête orange et jaune, ses yeux durs, le balancement dégoûtant de sa crête.

Le doigt qui s'appelle Grand-mère cueille la goutte avant qu'elle n'atteigne le sol. Bois, Grand-mère, ne crie pas. Ou bien nage, traverse le ruisseau. Elle pense au goût sucré dormant dans le pichet de grès, à peine tiède.

Elle se relève.

Quand elle n'est plus très loin, elle tend l'oreille. Voilà la cahute. Elle va attendre un peu, le temps de se décrotter les pieds avec un bâton.

Viens, elle dit. Viens. Elle ne sait pas à qui, à quoi elle peut bien parler.

Mais il n'y a que le vent et l'odeur détrempée de la terre. Rien ne répond. Elle ne sait plus ce qu'elle espère.

Par la porte entrouverte de la resserre à outils elle aperçoit les mailles brunes d'un panier tressé laissé là avec quelques pioches et des outils de formes indistinctes. Le panier ressemble à celui de la maison inconnue, aussi elle plisse les yeux pour ne plus le voir, affolé, juché en haut de la carriole avec toutes les affaires. Elle tousse, elle crache et se décide, armée de son bâton, à contourner la cabane.

31

C'est le silence surtout qui effraie. Plus personne ne chante. Le tas de couvertures est toujours là, rond, horrible et noir comme un puits refermé, léché sur un côté par une langue de neige transparente.

Peut-être qu'il n'est pas tout à fait pareil. Il a glissé. Il s'est aplati. Henni vérifie s'il y a des traces de pas dans la boue alentour, se demande si ça veut dire quelque chose, une arrivée, une fuite.

On n'y comprend rien.

Il faut soulever, dit Lev, si tu veux voir il faut soulever. Alors elle soulève, juste au bord, avec son bâton tartiné de boue. On ne voit rien. Elle prend sa respiration, lâche le bâton et à deux mains elle se saisit des couvertures ou des manteaux ou des châles et tire vers elle de toutes ses forces. C'est difficile. C'est collé, plein d'eau et plein de nuit, c'est lourd, ça ne veut pas céder. Viens m'aider, elle dit à la vieille. Elle guette la voix, le frétillement de la dernière fois. Personne ne bouge là-dessous, et personne ne l'aide.

Et pourtant, morceau après morceau ce qui se cachait se découvre. La tête de la vieille est bien dégagée à présent, le fichu est donné en entier, bordé d'une maigre brume de cheveux blancs. La figure, elle, semble avalée de l'intérieur.

Hé, dit Henni tout bas. Hé.

La vieille est une vieille immobile et muette. Sous le fichu noué serré, sa tête est penchée de côté. Au-dessus des joues creuses et jaunes on reconnaît les yeux ouverts, un qui pleure son caillé de lait et l'autre triste, qui ne regarde rien.

Hé, répète Henni avant d'attirer d'un nouvel élan le tas de frusques jusqu'à elle.

On ne comprend pas comment, là-dessous, l'autre s'est installée. C'est comme pour Ita. Où et comment sont mises les jambes, par exemple. Les épaisseurs de jupes semblent tordues et enroulées les unes dans les autres en prenant toute la place et toute l'épaisseur. Ça n'a pas d'importance. La vieille ne voudra plus ni marcher ni s'en aller nulle part, on l'a su la première fois qu'on a entendu sa voix. Elle n'a pas vraiment besoin de jambes.

La vieille, pareille à Grand-mère ce jour-là.

On ne le dit pas encore dans sa tête, mais on le sait.

Alors on se remet à retirer les couvertures, avec précaution pour ne rien abîmer, et l'oiseau apparaît.

Prends-la, dit la vieille qui est morte.

Henni ne répond pas mais elle touche la figure de l'oiseau du bout des doigts qui s'appellent Henni, Zelda et Kolia et Iossif et Avrom aussi, elle touche le nez d'oiseau, l'arrondi du menton, les cils scellés d'une épaisseur de croûtes, les joues pâles, le crâne sans cheveux ni bonnet, le renflement des bras sous la couverture enroulée autour de son corps. L'oiseau ne réagit pas.

Les mains d'Henni sont pleines de terre, de relents de miel et de chou, ses mains sont fatiguées, elles ne savent plus ce qu'elles font mais elles s'obstinent à tapoter un peu partout l'oiseau. Les petits noms reviennent, on ne les attendait pas. Hé, elle dit sans desserrer les dents. Hé. Les lèvres de l'oiseau s'écartent. Il respire. On voit briller ses incisives. Derrière les cils collés de jaune, les yeux curieux roulent pour la voir.

Attends, elle dit.

Elle crache sur la bordure de sa jupe et frotte les paupières de l'enfant oiseau avec le lainage humecté, du haut vers le bas. Lentement. Fermement. Vingt fois elle a observé Zelda en train de faire ça. Elle revoit le visage mécontent de Kolia essayant de lui échapper en se tortillant comme un ver, mais l'oiseau, cet oiseau-là qui est le bébé que la vieille a voulu lui donner se laisse faire jusqu'à ce que ses yeux s'ouvrent. S'allument alors deux petits éclats de gelée en forme de caillou, et ces cailloux sont noirs quand ils la regardent.

On ne sait pas ce qu'ils disent, ce qu'ils veulent. On ne sait pas. On les regarde aussi. On ne voit pas pourquoi ils voudraient s'en aller de la vieille sous les couvertures pour venir avec elle. C'est si tentant de rester là, dans la tiédeur, dans l'odeur qu'on connaît. On comprend ça très bien, car en réalité c'est ce qu'on voudrait pour soi-même. La paix de bras aimés, l'ombre et l'oubli. Le sommeil.

Prends-la, s'obstine encore la vieille.

Les mots sont du sucre fondu dans la tête. On ne pourra jamais les décoller de là.

La main qui est posée à côté du crâne du bébé est morte. La voir fait mal au ventre, à cause des os qu'on distingue à travers la peau et des ongles mangés, mais surtout à cause du geste d'appeler Henni qui est resté là bien vivant, dans les doigts.

Prends-la. Je n'ai plus que toi, dit la vieille avec son sang mort partout sur la poitrine.

Je n'ai plus que toi.

Mais quoi. Henni n'est pas sûre de s'avoir pour elle-même. Celle qu'elle croyait l'accompagner pour toujours c'est Zelda, et Zelda a pris l'autre chemin quand on continuait droit devant. *Je n'ai plus que toi.*

Elle pense qu'elle va flancher, qu'elle va pleurer à cause de ces mots-là. Elle pense à tirer sur elle les vieux manteaux pleins du souvenir de neige pour s'en recouvrir et attendre au-dessous avec la vieille et l'oiseau qu'on vienne les chercher, Lev ou Zelda ou le père ou n'importe qui, on s'en fiche maintenant, les sabots d'un cheval, un nez jaune, un brigand, un soldat, un paysan enivré en braies de drap puantes, on n'a plus de forces. Et si personne ne vient, tant pis. Bientôt, la nuit va tomber, on tombera avec elle.

L'œil noir de l'oiseau reste agrippé au sien, il a des pattes, cet œil, mais des pattes douces, liquides, des pattes en huile tiède.

Et on comprend tout à coup autre chose dans les mots

de la vieille. Elle disait prends-la. Prends-la, elle. Parce que c'est une fille. Un bébé fille comme Henni n'en a jamais vu d'aussi près car la mère n'a donné que des petits frères. C'est un oiseau-fille. Ça lui coupe la respiration.

Dans le petit cadre qu'elle est revenue tout à l'heure tirer du plancher de la chambre, c'est elle. Bien sûr que c'est elle. L'oiseau. Elle le sait depuis qu'elle l'a vue. Le même visage de merle blanc. La face éplorée de fauvette.

Elle place le portrait devant la figure de l'enfant.

C'est toi, elle dit à l'oiseau. Regarde là, c'est toi, l'oiseau.

Ça fait un drôle d'effet de le dire, et de l'entendre aussi. Ça devient la vérité.

C'est toi.

Il y a des mots cachés derrière. Une image. Comme si l'ombre d'Henni s'était glissée à son tour à l'intérieur du portrait. *C'est nous.*

Après un examen rapide, il semble que l'oiseau est plus grande qu'Avrom et beaucoup plus petite que Kolia. Une odeur âcre et familière s'en échappe, odeur à laquelle, on y pense, ni Lev ni le père n'ont réussi à s'habituer au fil des années. Si on décrotte l'un des bébés ils plissent aussitôt la figure d'un air outragé, ils s'éloignent et ça fait sourire. Ils ne sont pas si forts qu'ils croient, et encore moins qu'ils disent.

On ne sait pas si l'oiseau-fille est jolie. Elle a une drôle de tête avec des reflets bleus, terriblement sérieuse, un front haut et de grands yeux aussi brillants qu'un ventre de grenouille noire.

Henni la soulève, juste un peu, pour voir, pour peser. Elle est plus lourde que la menorah, celle qu'on pensait laisser aux habitants de la maison inconnue parce qu'elle était trop lourde.

Penser à ça ramène l'esprit vers sa propre maison. Derrière les grands arbres, le soleil est descendu à l'abri des nuages les plus bas. C'est l'heure où la mère Straigorodski rassemble son linge disposé dehors et allume sa lampe, l'heure où Macha rentre chez elle après un bref passage dans le poulailler. L'heure où le dîner sur le fourneau commence à donner sa vapeur, l'heure où les bébés se remuent, dans leurs berceaux ou dans les bras.

Elle se demande ce qu'elle fait là, dans le verger, loin du monde. Elle a froid. Elle ne sert à rien, ici, quand tant de tâches attendent qu'on s'occupe d'elles là-bas. Il faut astiquer la maison pour Pessah. Le temps presse. Y penser fait tourner le cœur. C'est comme si, tout à coup, on revenait à la raison, ou bien qu'on se réveillait d'une longue sieste interdite au milieu de l'après-midi. Ça affole.

Elle scrute de tous les côtés. Le flanc verdi de la cabane en planches, les griffes des pommiers plantées dans le ciel qui soupire. Les rares écailles de neige qui luttent pour ne pas se laisser dissoudre. Les flaques brillantes dans la boue. L'herbe cuite. Elle voit aussi le père affalé sur des éclats de glace brisée, elle voit la mère debout qui parle, le sang qui emprisonne la main de sa sœur et tout se brouille et vacille et il faut s'asseoir un moment à côté de la vieille, le front posé sur ses propres genoux.

Il y a des états dont il est difficile de sortir. Par exemple la bouderie, ou la colère. Quand elle asticote Kolia il reste longtemps dans son coin, le front plissé, ses joues pendant de chaque côté de sa bouche à l'envers. On sent qu'il voudrait déjà revenir et jouer avec elle, mais la hargne est autour de lui un écheveau serré de ficelles. Henni connaît la méthode. Il faut oublier Kolia, ne pas le supplier, ni même le regarder. S'il finit par s'approcher, ne surtout pas le toiser d'un air triomphant, oublier qu'on s'est disputés.

À l'instant elle voudrait savoir comment partir de son effroi, de la sensation d'immensité autour d'elle. Ça l'écrase. Elle convoque la voix du père, mais rien ne résonne. Alors elle appuie avec force les os de ses genoux contre sa figure et des fleurs rouges et jaunes éclatent à l'intérieur de sa tête.

On ne pourra jamais revenir de ça. Jamais retrouver la maison, la chaleur, le poêle, les édredons, la marmite, jamais rien. Avrom, Kolia, Iossif. Elle appelle le souvenir de leurs trois figures, mais c'est comme si elle pleurait les bébés au lieu de les voir.

32

Le panier n'a pas d'anse. Il est, comme Henni l'avait prévu, trop lourd et trop grand pour être porté à bout de bras. Même s'il était resté vide elle n'aurait pas tenu longtemps, à cause de la largeur de l'osier tressé et de la longueur de ses bras.

Elle a hésité tout à l'heure et puis elle est entrée dans la remise pour aller le chercher. Quelle chance, elle s'est dit, que les paysannes ne l'aient pas repéré avant elle. Qui sait, elles étaient peut-être passées par là en repartant. Le panier de la maison inconnue avait eu l'air de leur plaire et celui-ci est encore plus grand, un peu moisi dans le fond mais pas beaucoup, rafistolé sur un côté avec de la cordelette mais pas trop. Il a l'air solide.

Au début elle imagine le pousser devant elle. Elle fait ça à la maison pour ne rien laisser tomber dans son dos en traversant la pièce avec le tas de linge. Elle essaie de différentes manières mais ça ne marche pas. La boue et le chaos du chemin l'empêcheront d'avancer.

Mais si ça ne donne rien, on recommence. On le sait. C'est le système.

Alors elle fait basculer légèrement le panier et le traîne en l'agrippant par sa bordure renflée. Elle change de main de temps en temps parce que ça tord les épaules et ça fait mal aux doigts, surtout à ceux qui sont du côté de celui qui s'appelle Lev, moins habitués à l'effort. Ça cogne dans les jambes. Des larmes de fatigue roulent bientôt sur ses joues, elle a encore une paume pour les essuyer, et sa manche pour moucher son nez. Le rideau rouge noué sur sa tête en fichu protège ses oreilles du vent, c'est une bonne idée qu'elle a eue. Elle dit ça pour se donner un sursaut de courage. Une bonne idée rouge qu'elle a eue.

Maintenant, elle progresse péniblement en direction de l'arbre couché, et s'interroge à chaque pas sur ce qui, la veille, a pu se produire autour de l'étagère à thé.

On la voit dans sa tête, la petite étagère de bois, parfaitement briquée, sans un grain de poussière. Les boîtes y sont alignées par ordre de grandeur. Au début ça va. On aime penser au samovar, aux verres de thé qui sent bon et chauffe durablement le ventre. On sait que la première boîte est remplie à ras bord de thé noir bien sec, on sait que la plus petite est souvent vide et ne sert qu'à finir joliment la rangée de quatre.

Mais au bout d'un moment, ça ne va plus. Les boîtes pâlissent, s'effacent à tel point que c'est le mur à l'arrière qu'on aperçoit plutôt qu'elles, c'est une pluie de filaments de thé ou bien des mouches rendues folles qui bourdonnent.

Ça n'est pas malin de penser à ça. Il vaudrait mieux utiliser ses forces pour tirer le panier.

Les pommiers aux bras affligés ont laissé place à la forêt de résineux, hautaine et sombre. La route est difficile. L'arbre penché n'apparaîtra jamais. Lorsque Henni se retourne, la longue trace sinueuse dessinée par le panier dans son dos est bien plus visible que ses propres empreintes. Celui ou celle qui voudrait la rattraper n'aurait pas beaucoup à chercher. Cette trace inquiète et pourtant elle rassure en même temps.

Si elle manquait à Lev, s'il revenait sur ses pas pour la rattraper. Si Zelda avait repris ses zigzags sous les arbres. Elle s'arrête pour écouter leurs voix. Elles n'y sont pas. Une pie, au loin. Le grincement d'une branche. Une odeur de fumée qui tourbillonne contre sa joue.

À intervalles réguliers, il faut s'arrêter pour ôter la terre accumulée au bas du panier. À l'intérieur, l'oiseau dort, la tête ramenée vers l'avant. En tout cas elle ne bouge pas.

Avant de partir, Henni avait dû déshabiller la vieille pour installer un semblant de nid à l'oiseau. Elle n'avait rien d'autre. La couverture en mouton aurait été parfaite, mais elle était sournoise, on n'avait même jamais pensé l'emporter hors de la briqueterie. Les châles, pourtant plus accessibles, étaient trop humides et trop froids pour qu'on les choisisse. En soulevant l'épaisseur de la jupe on avait découvert les jambes, plus maigres que deux bâtons brisés. Les jambes, ou plutôt de la peau tendue sur des genoux jaunes et sans bas, maladroitement repliées sous une longue culotte.

La vieille n'était pas très grosse pour une vieille, mais terriblement lourde et embarrassante dès lors qu'il s'agissait de lui ôter ses jupes. C'était presque impossible mais Henni s'était acharnée. Aidée de son couteau elle avait fini par ouvrir en deux le tissu sur toute sa hauteur. C'était difficile mais la vieille était d'accord. Prends ma jupe chaude pour l'oiseau, elle a dit. Prends-la, dépêche-toi. Et on retrouvait sa voix.

Henni avait roulé en baluchon l'enfant dans la toile arrachée. Seuls les yeux, le nez et la lèvre du haut demeuraient visibles derrière les replis de laine. À l'instant de la caler au fond du panier, on savait qu'on allait devoir appuyer sur elle un peu fort pour lui arranger une bonne place. Il fallait bien. Et pendant la manœuvre l'oiseau avait dévisagé Henni sans rien dire, sans crier, sans pleurer, comme si elle comprenait qu'il fallait en passer par là. C'est une oiseau parfaite, on s'était dit, et c'était vrai, Zelda elle-même l'aurait pensé.

Elle avait sorti le portrait de sa poche. La personne qui l'avait dessiné possédait un don extraordinaire. Dans le petit cadre brillant, c'était l'oiseau et personne d'autre, on la reconnaissait à coup sûr, l'oiseau des pommiers avec ses joues pâles, ses yeux de grenouille noire, son air d'attendre quelque chose. Henni l'avait étudiée jusqu'à la voir encore sans plus la regarder. Ensuite, elle avait posé le cadre sur l'œil de la vieille, celui qui pleurait du lait car depuis le début l'autre ne voyait rien. Elle avait pris soin de placer l'image face contre la pupille, pour qu'elle puisse lorgner l'enfant tout son soûl. Prends-la, elle lui avait dit à son tour. Garde l'oiseau comme ça. Regarde-la toujours.

Il fallait maintenant recouvrir. Elle l'avait fait le mieux qu'elle pouvait. La culotte, les genoux jaunes, la main maigre, le sang, la figure morte avec le portrait vivant posé sur le dessus avaient fini par s'effacer les uns après les autres sous les oripeaux. Alors Henni s'était arrêtée et en soufflant elle avait regardé ce qu'elle avait fait.

Autour de la vieille, ses pas dessinaient dans la boue une cavalcade de chevaux en colère qu'elle avait essuyée du pied. Le fredon avait repris sous les châles mais ce n'était peut-être pas vrai.

Et puis elle était partie, poussant puis traînant le panier d'oiseau derrière elle. Il restait une bonne heure de clarté elle s'était dit, même si on ne saurait jamais ce qu'est précisément une heure.

Une heure. Ça donnait du temps malgré tout. On espérait que ça suffirait.

33

Quand elle finit par atteindre l'arbre incliné, elle n'y croyait plus et pourtant le voilà. Elle ne s'est pas trompée de route. Elle devrait être fière, elle n'en a pas la force. Elle n'est même pas persuadée qu'il s'agisse du bon arbre. On dirait bien, mais qui sait. Elle lui demande, balayant l'écorce des yeux, l'élan inquiet de ses branches, et l'arbre répond oui. Les arbres ne sont pas seulement des arbres, elle se dit. Ils sont des sentinelles en qui avoir confiance, et elle ignore d'où cette idée lui vient mais elle sait qu'elle est bonne.

Assise à côté du panier sur un tronc renversé, elle se repose un moment. L'obscurité a fini par descendre du ciel. La rivière est là dans son dos. Elle n'a pas peur du noir, enfin pas beaucoup. Marche la nuit pour ne pas perdre une journée, a dit quelqu'un devant elle il n'y a pas si longtemps. Elle marche depuis tant de minutes et tant d'heures que nuit et jour se confondent.

Elle sort l'oiseau de sa cage d'osier pour la garder contre elle, pour se donner l'une à l'autre un peu de tiède et de lumière, et aussi pour lui parler à l'oreille, au moins essayer. Au moins commencer. La rivière l'aide, avec son glouglou. Les syllabes se reforment, le chantonnement aussi, qui les accompagne. Elle voudrait se coucher là dans les feuilles pourries et y rester toujours.

L'oiseau ne dort pas, Henni voit ses yeux cligner faiblement. On dirait qu'elle l'entend.

Elle la fait remonter dans ses bras, se penche et trouve une poignée de neige à lui faire fondre sur la langue. Les bébés boivent souvent, boire est leur façon à eux de manger, elle le sait, tout le monde le sait, et la neige sera mieux que rien puisque la mère n'est pas là pour lui donner son lait. Puisque personne n'est là.

Zelda, elle dit sous les arbres sans croire à une réponse.

L'oiseau boit, mais on n'est pas certaine. Le froid des derniers flocons n'a pas l'air de lui plaire. Sur le doigt qui s'appelle Henni le goût blanc de la neige a dû se mélanger à la terre, au miel, au chou, à la viande séchée, à la bûche de saule qui empêche de tomber, à la cendre grise.

Alors elle laisse se liquéfier dans sa propre bouche la neige écrasée, elle a soif elle aussi, d'une soif plus grande qu'elle. L'immobilité fait revenir le froid dans son corps, elle tremble maintenant sans pouvoir empêcher le bébé dans ses bras de trembler à son tour.

La maison de Khaya et Bina est tout près, là-derrière, mais ça ne sert à rien, on sait que la maison Reicher est une pauvre carcasse abîmée pour toujours. Un hibou, ou une chouette ou va savoir quoi, lance un cri au loin. Un cri ou quoi. Elle n'aurait pas dû s'asseoir sur ce tronc. Cet arbre-là a capitulé avant elle. Se lever pour en repartir sera trop difficile.

Elle cherche autour et elle cherche à l'intérieur d'elle, il n'y a plus rien. Je n'y arrive pas, elle dit tout à coup à l'oiseau. Essaie, dit le père. Essaie mieux. Le plus fort du monde. Mais ce n'est pas le père qui parle, pas même le doigt qui s'appelle le père, on ne sait pas qui c'est. Une voix de la nuit qu'on entend à peine, qui n'intéresse pas. Il n'y a plus de père, il n'y a même certainement plus de système.

Elle voudrait que l'oiseau lui chante son chant de fauvette, ça aiderait, ça donnerait un sursaut, mais la petite sous le drap de laine reste muette et on ne peut pas lui en vouloir. Ses yeux sont clos sous les croûtes revenues, elle dort ou bien elle ne veut plus voir celle qui l'a arrachée à la chaleur pour l'amener ici, dans cette forêt qui n'est nulle part pour elle, qui n'est rien pour personne. La vieille lui avait offert ses bras tièdes, son sang, son fredon et le reste noir de sa vie à l'abri des manteaux.

À quelques pas d'ici, il y a la tombe de la corneille, le caillou de lait posé sur le dessus. Par là, ou bien par ici. Henni cligne des yeux, appelle l'image d'été pour les réchauffer un instant. Esther, elle dit. Golda. Elle ne le dit pas, elle le pense en silence et ça ne doit pas suffire.

Si elle s'allongeait par terre le long du tronc avec l'oiseau, le jour les trouverait gelées au matin comme des pièces de gibier oubliées. C'est ce qu'elle voudrait faire. Lâcher. Tomber. Dormir contre celui qui ici s'est couché avant elles. Trois cuillères enfin parfaitement rangées les unes dans les autres. Une enfant, une oiseau, un arbre déjà mort.

Pose-la. Laisse-la ici. Les bras vides tu seras plus légère et tu pourras te relever, marcher, tu rejoindras en un éclair la maison, dit Lev.

Laisse-la. Tu ne la connais pas. Elle est à la vieille. Elle n'est rien pour nous.

Henni sanglote et demande pardon, on ne sait pas à qui. La morve est le fil fragile au bout de son nez qui la relie à l'oiseau.

Ton bébé pleure, dit le père.

Elles vont s'allonger dans les feuilles et la nuit leur coulera dedans.

Laisse-la. Quelqu'un viendra, la trouvera, la sortira de son panier et en prendra soin mieux que toi. Lui dira des noms dans l'oreille. La bercera. La nourrira. La réchauffera. L'embrassera doucement sur chaque œil. Tout sera respecté, exactement comme tu l'entends. Ne la prends pas. La vieille est loin. Laisse-la.

On ne sait pas qui a dit ça. On ne sait pas. Peut-être le doigt qui s'appelle Henni. Peut-être Henni elle-même.

Elle regarde dans le vide. Qui nettoiera leurs corps d'oiseaux pour les purifier, qui récitera le kaddish pour elles. Pardon, elle dit. Elle le dit à chacun de ses doigts, les posant sur ses lèvres bleuies les uns après les autres, pardon, et elle le dit aussi au dixième dont on ne connaissait pas le nom et dont on sait maintenant qu'il s'appelle l'oiseau.

Si elle prenait par là, vers la gauche. Elle sait qu'elle n'est pas loin. La souche aux reflets rouges. Le fossé plein d'eau. Elle se revoit avec les filles du marchand de drap ses cousines, à la recherche de champignons, de myrtilles. Elles n'avaient pas mis longtemps toutes les trois pour venir jusqu'ici. Un moment de marche. Elle s'en souvient très bien. Elle connaît le chemin. Elle est presque arrivée.

Levez-vous, elle dit à ses jambes, à ses fesses, et ses jambes et ses fesses restent là sans bouger.

Elle appelle Zelda, et non seulement sa sœur n'est pas là, mais l'idée même de l'appeler n'apporte aucun secours. Zelda, elle souffle pourtant au doigt qui s'appelle Zelda. ZeldaZeldaZeldaZelda. Un dernier lacet de syllabes pour serrer sa poitrine.

La lune est montée dans le ciel poissonneux. Le silence guette entre les branches. Il manque les vrombissements de chaleur. Les mouches. Le père s'est trompé quand il a dit que les insectes font partie des plaies de l'Égypte. Les mouches, par exemple, font espérer que la mollesse des étés nous habite pour toujours au-dedans. Il suffira de réveiller leur vol dans la tête et tout s'alanguira. Les fleurs s'ouvriront, jaunes et bleues avec un cœur blanc, les feuilles grandiront sur les saules, les pies bâtiront des nids de petits brins piquants.

Les mouches sont utiles. On ne les chassera plus. On ne chassera plus rien.

Elle voit luire devant elle, à mi-hauteur, les yeux noirs du garçon aux yeux noirs qui travaille à la briqueterie et s'appelle Zozoulia. On ne sait pas ce qu'ils pourraient faire pour elle, ces yeux-là, ni ce que ça veut dire qu'ils viennent à ce moment.

C'est ma sœur, dit Lev. Le garçon hoche la tête en écho. Il le sait. Il n'a pas oublié.

La saleté est comme nous, elle tombe, dit Zelda.

Le corps de l'oiseau se cabre soudain puis s'apaise, rien ne bouge. Henni écoute si l'enfant respire, elle respire. Pas tout le temps et pas fort. On souffle sur sa joue. Respire toi aussi dit l'oiseau.

On voudrait s'arracher le cœur et le mettre en ce bébé-là pour qu'il batte au galop.

Et puis voilà.

Les larmes continuent de couler le long de sa figure, et pourtant, Henni ne pleure plus. Elle se lève. Elle démaillote l'oiseau, la plaque sur sa poitrine avant de changer d'avis et de la glisser sur son dos, sous sa blouse et sous son gilet. Avec patience, elle plie puis enroule serré la jupe autour d'elles. Elle sait que le corps du bébé n'est plus assez chaud. Jamais Avrom ne lui fait cet effet quand elle le prend contre elle. Elle serre le plus serré du monde. Elle tire.

Serre, elle dit entre ses dents serrées. Tire.

Sur ses hanches, le cordon bricolé à partir du tissu graisseux de la briqueterie trouve ses doigts. Le nœud est impossible à défaire, alors en se tortillant pliée vers l'avant elle remonte ce semblant de ceinture autour de son corps et celui de l'oiseau. Elle rentre les bordures. On peut à peine respirer mais ça a l'air de tenir.

On pense qu'il suffira de garder la petite contre soi, et on ne sait pas ce que c'est, suffire. On n'a plus rien à part cette idée-là, venue d'un coup, qui enfle, qui monte des jambes jusqu'à la bouche.

On n'a plus que ça. On a l'oiseau, et une idée.

34

Derrière elles, l'arbre allongé s'évanouit dans l'ombre. Henni tremble et se concentre le plus fort du monde. Elle sait ce qu'il faut faire. Une chose est sûre, il n'y aura rien après ça. Ce sera fini. Elle remonte lentement l'une après l'autre ses chaussettes.

Voilà.

Elle a l'oiseau posé en ailes de scarabée sur le dos et puis elle a l'idée.

Il va falloir aller chercher ce qui là-bas, sous les saules, attend depuis si longtemps dans son ventre. C'est la dernière chance.

Elle va les faire venir. Pas deux comme ce jour-là, mais dix et dix-neuf et soixante et un millier et une épidémie entière. Les chiens. Les chiens et la rage bondissante, les mâchoires, les gueules révulsées de rouge.

La viande ici, sous leurs crocs huilés de salive, sera maigre et glacée, elle s'appellera Henni. On le voudra, on le veut, et cette viande offerte, on le sait, s'appellera aussi l'oiseau minuscule.

Chien, elle dit.

Elle ose prononcer le mot dans le noir et c'est un drôle d'effet sur la langue. Chiens.

Au début ça ne marche pas. Ce n'est qu'une syllabe, puis une image à peine mobile, muette. Ça n'est que dans la tête, et pas dans la vraie peur, et pas dans les veines, et pas dans la poitrine.

Donne-moi de la forêt mouillée, dit le doigt qui s'appelle Zelda. De la nuit, de la ronce, de la terre entrée dans ma bouche.

Donne-moi la chevauchée des monstres. Donne-moi, donne-moi du typhus et du choléra, dit d'une seule voix l'ensemble de sa main gauche.

Aboie.

Saute-moi à la gorge. Sur nous déverse ours et fantômes, flots et tonnerre. Donne-moi les âmes brûlées, le feu de chaises et de berceaux, la foudre de mémoire impure, les vents noirs, le galop de griffes dans le ciel, les rugissements, les grognements et le grand fracas des chevaux.

Henni se raidit et peu à peu la panique entre dans ses poumons. Elle gémit comme le rat qui perdrait l'équilibre à la bordure du toit, les bras, les ongles battant l'air. Dans toutes les directions elle cherche les mots et les présages maudits, elle appelle maintenant les échines hérissées, les os écrasés. Le mauvais œil. Les hordes de loups.

Elle veut un cœur à lui fendre les côtes. Bats, elle supplie son cœur, elle ordonne. Bats. Et il bat, il enfle et grandit et c'est un cœur de crocs.

Encore, elle gronde. Donne-moi encore ! Arrivez ! Venez !

Chiens sanguinaires éructant de mousse et d'écorce, chiens dibbouk, chiens de glace en milliers d'éclats, chiens de boue, de flammes encendrées, chiens d'un enfer de sabres levés. Chiens d'un sirop de sang qu'on ne pourra plus jamais laver, chiens de grenouilles, de vermine et de peste, chiens de furoncles, de grêle, de sauterelles, chiens des hautes ténèbres.

Chiens d'une cloison de planches vers laquelle on s'envole, chiens s'acharnant sur le dernier des derniers-nés du monde. Chiens d'étagère à thé.

Alors, enfin, sous ses pieds la forêt se met à vibrer d'une immense cavalcade.

Elle crie. Elle crie jusqu'à perdre la voix sous les grands ciels furieux, elle crie jusqu'à presque tomber. Elle les appelle plus près encore et l'oiseau, affolée, crie aussi pour l'aider.

Ils viennent, ils arrivent.

Elle agrippe sur son cœur la jupe de la vieille pour tenir fermement le bébé, et s'élance vers la maison pour échapper aux chiens.

35

Elle court sous les arbres à travers le froid, la tête lui tourne, elle transpire sous son fichu rouge et sous ses cheveux en forme de champignon. Son estomac déborde. Elle devrait s'arrêter pour vomir entre ses deux pieds, mais les autres derrière elle ne la laisseront pas faire. Il faut aller sans pensée et sans corps. Elle court pour ne pas basculer en avant. Pas très vite, mais elle court.

Ce qui est sûr, c'est que quand elle atteindra la porte, l'oiseau sera toujours collée contre elle. La petite tient bien sur ses reins, comme on a vu tenir à l'aise des enfants d'araignée sur leur mère aux abois.

Lorsqu'elle longe le fossé plein d'eau, des ombres pensées se déploient, des couleurs s'animent. Elle a la maison dans les yeux et les images sont d'une incroyable netteté, plus vraies que la vérité même. La chair, enfin, les sons les plus infimes, les parfums, tout y est.

Là-bas, trois lampes brillent aux fenêtres. On s'y chauffera les pupilles avant même de rejoindre le bouquet de saules. Oh oui, les lumières.

Quant aux sabres et aux fous, ne restera que le silence qui a suivi leur départ. Si fragile, incertain, à peine un courant d'air autour du samovar, et puis rien. Le voile dans la tête aura formé un nœud impossible à défaire, au creux duquel les brigands seront prisonniers à jamais.

Elle court dans la pénombre, les chiens sont à ses trousses. Démons de marécages et du milieu du feu, chevaux de Pharaon, chars et cavaliers de l'Égypte.

Dans la maison il y aura le père revenu des éclats de verre, la mère avec ses bras ouverts et son sein bientôt offert à l'oiseau, il y aura Lev, penaud, droit comme un piquet au tournant.

La tempête s'amplifie sous ses pas lorsque apparaissent les figures des bébés, son pied dérape sur une croûte de neige, elle se rattrape de justesse. Les aboiements se diffractent en mille échos tranchants. Les bébés, oui, malgré tout, elle les voit, dans trois petits cadres d'argent.

Elle va de moins en moins vite, de moins en moins droit. Les chiens s'approchent, ils sont maintenant si nombreux qu'on ne saurait les compter. Quelques-uns la dépassent à droite et à gauche, au début on ne comprend pas et puis on voit qu'ils accompagnent, veillant du coin de l'œil, ouvrant pour elle une autre route que la fuite.

Henni ! sifflent les chiens sous leurs longues babines écumeuses. Ils courent enfin avec elle plutôt que contre elle.

Là-bas, elle abandonnera ses chaussures, ses chaussettes sur le pas de la porte, la boue, tous ses vêtements mouillés, pour s'habiller d'un édredon et se muer à son tour en un oiseau de plumes. Elle aura tout le chaud.

Assise sur le banc de bois fabriqué par le père, patientant dans la nuit, si parfaite, rayonnante, il y aurait, il y aura Zelda. On le sait. Car au-delà de sa mémoire on est à Zelda. On est le bébé de Zelda.

On la voit postée devant la maison, son souffle est régulier. Sous le banc, elle a placé un chaudron plein de braises pour se chauffer le dos des jambes. Sa natte lissée enlace le rond d'une épaule, et ses mains, posées chacune sur un genou, sont claires et sont propres.

Les yeux cuits par les larmes Henni crie dans le noir un cri blanc de souris.

Une pluie de neige fondue commence à tomber, les gouttes lui picorent la figure. Il y a aussi ce bruit, qu'elle entend, qu'elle connaît, la lancinante mélopée qui en conduit la chute. Ça ressemble au marmonnement de la vieille, aux comptines qu'on chantait avant de la trouver sur sa route. C'est une averse de mots qui se transforment en cristaux, comprend Henni, et cette averse porte un nom, le nom des Sapojnik. Aussi étonnant que ça puisse paraître, les étoiles ou les gouttes connaissent et fredonnent jusqu'aux surnoms de ses parents. Elles disent Arie-le-système et Pessia-l'immobile, et bien sûr elles disent Lev, Zelda, Iossif, Kolia et Avrom aux mille petits noms clandestins.

Enfin, voilà les saules, nus, vibrant dans le vent comme les poissons du ciel.

Henni s'arrête, se plie en deux pour rattraper de l'air et le crâne de l'oiseau glissé vient buter sur sa nuque. Les chiens ne sont plus là. Les voix se sont éteintes. Un grand silence opaque les remplace. La pluie même a cessé.

Elle y est presque. Elle y est. Si elle ouvrait les yeux, elle verrait sa maison comme une fumée se hausser derrière celle de la mère Straigorodski, comme avant, lueurs et profils des siens se détachant aux fenêtres. Si elle ouvrait les yeux son nez cracherait d'un coup sa rivière de morve, l'odeur des oignons cuits et du linge à sécher envahirait son sang. La maison serait sienne et elle serait pour la maison comme un toit, comme un mur, comme un lit.

Zelda sera assise sur le banc. À l'annonce de son arrivée, au premier craquement de brindille elle se dressera dans un halo doré. La voix de Zelda s'envolera et tout s'ouvrira. Henni !

Au-dessus de sa tête, les branches des saules détrempés gémissent en frottant leurs écorces en signe d'assentiment.

Elle y est.

Les paupières froissées elle souffle à coups rapides, de telle façon qu'on ne sait pas si elle respire ou si elle pleure parce que parfois, c'est la même chose.

Zelda est le mot qui se glisse au milieu de son halètement et il monte sous le ciel sans lumières. Zelda, de mémoire bénie. Zelda ! Peut-être qu'on pourrait simplement continuer tous les jours à le dire de cette façon-là, chantée et muette, puissante et secrète, ne jamais cesser de le dire, pour qu'à l'intérieur s'illumine chaque fois qu'on le dit ce qui s'appelle tout ensemble Zelda et Henni. Un être double infiniment vivant. Peut-être que ça suffira.

Zelda, articule-t-elle dans l'obscurité de sa bouche.

Elle tend les mains au bout de ses bras, elle écarte les doigts. Ils sont là, ils sont dix, ils sont tous.

Sur son épaule, le faible gazouillis lâché par l'oiseau forme une incompréhensible coulure de sons qu'elle comprend. À mesure que de nouveaux petits noms apparaissent, ils forment un essaim qui enveloppe. Elle en sent la chaleur, le frôlement léger.

Elle ouvre les yeux, au loin la fenêtre à côté de la porte est plus orange encore que le chat des pommiers. La lampe est là-derrière, allumée, qui l'espère.

Henni, crie quelqu'un là-bas, crie soudain une voix qu'on connaît, crie quelqu'un pour de vrai. Henni ! Henni ! Le son remplit la nuit.

Elle l'entend.

Alors, dans l'éblouissement, son oiseau sur le dos elle s'avance sous les saules en direction de la maison.

Achevé d'imprimer sur les presses de CPI en juillet 2023
Dépôt légal : août 2023 · ISBN 978-2-84742-504-8
Imprimé en France · Numéro d'impression : 2072887